鬼の戀《こい》

丸木文華

イースト・プレス

contents

目かくし　子かくし　花嫁かくし
五百かぞえて　目があいた
一ではひゃくしょう　二ではしょうや　三にふえたらとのさまじゃ
ころりころりと　はらのおと

目かくし　子かくし　花嫁かくし
くるりとまわって　百ねんめ
十ではやわい　十五はあおい　二十になったらあまくなる
ころりころりと　かくされた

目かくし　子かくし　花嫁かくし
花はちっても　芽はのこる
百ではたらぬ　千でもこまる　一万あったら花がさく
ころりころりと　まいります

不思議なわらべ歌が聞こえてくる。歌っているのは子供たちだろうか。きらきらしい、無邪気な笑い声の欠片《かけら》が、私を取り囲むように踊り回っている。

体は温かな柔らかい褥《しとね》のようなものに包まれ、果てもなく水の中を揺曳《ようえい》しているようだ。水は重いようで軽く、澄んでいるようで濁《にご》っている。私はただそこで優しい眠りについている。

ふいに、胸元に熱いほとばしりを覚えた。その瞬間、瞼《まぶた》の裏に広がった赤の色に、喉の奥からひゅうっと清々しい息吹が吹き抜けていくのを感じた。

冷えきった体の隅々《すみずみ》に、ぽっとひとつずつ火が灯《とも》っていくように、徐々に命の鼓動が脈打ち始める。深い水底から、ゆっくりと体が浮き上がっていくように、世界が変わっていくのがわかる。

ここは、どこなのだろう。私は、何をしていたのだろう。

まるで、長い長い夢を見ていたようだ。

私は細く頼りない糸を少しずつたぐるようにして、記憶を辿《たど》り始めた。

もうすぐ、目が覚める。そのことをおぼろげに、しかしはっきりと意識の底で感じながら。

鬼の村

昭和二十二年七月。終戦後二年目の夏。

じりじりと照りつける熱気の中、丘陵《きゅうりょう》の道を一台のバスが上ってゆく。

窓を大きく開け放った車内には、まばらに人が座り、どの乗客も大きな荷物を抱え、赤ら顔で団扇《うちわ》を扇《あお》いでいた。皆どこかに出かけるのではなく、家に帰る道中なのだろう。この先には、そういった小さな村々しか存在しない。

そのためか、乗客たちの汗の浮いた顔には、帰郷の安堵《あんど》と弛緩《しかん》が漂っていた。ただ一人の少女を除いて。

「萌《もえ》さま。さぞかしお疲れんさったでしょう。もう少しですけえ、今しばらくこらえてつかあさいねえ」

傍らの四十半ばといったやや太り肉の女が、間断なく流れる汗を拭《ぬぐ》いながら気遣わしげに声をかけると、少女は緊張した面持ちを少しだけ和《やわ》らげ、頷《うなず》いた。

「ありがとう、智子《ともこ》さん。私は大丈夫です」

「あと一時間くらいですわ。バスを降りたら、自動車が待っとりますけん」

少女の名は水谷《みずたに》萌。

荷物は小さな風呂敷包みたったひとつきり。横浜からこの岡山へ、初めての道のりをやって来た。長い時間、ひどく人でごった返す山陽《さんよう》線の汽車に乗った後、そこから津山《つやま》線、因美《いんび》線と乗り換え、更にバスで揺られる頃には、萌はほとほと疲れ果ててしまっていた。

萌の小作りな顔はあどけなく無垢《むく》で、少女と呼んでも少しも違和感はない。しかし、その質素な銘仙《めいせん》の下に息苦しいほどに満々と息づく若い肉体は、さながら咲き初めたみずみずしい花のように、成熟したばかりの女の仄《ほの》かに甘い魅力をたたえている。

萌は今年で二十歳になった。二年前の五月の大空襲で父を失い、それから一人きりで生きてきた萌の表情には、いつもどこか、日陰に咲く花のような悲しさといじらしさがある。

生まれてすぐに母を亡くした萌にとって、父は唯一の肉親だった。父は故郷のことをあまり語りたがらず、長《ちょう》じるにつれて、萌は父たちが周りに望まれぬ結婚をしたのだろうと察していた。

(こんなことになるなんて、思ってもいなかった)

天涯孤独の身になった萌は、戦後父の知り合いのつてで、幸運にも、横浜のホテルに住み込みで働けることとなった。そうでなければ、他に縁故《えんこ》もない萌は、口を糊《こ》するために赤い電燈の下で客を引くしかなかったかもしれない。

東京には空襲で親を失った戦災孤児が溢れていた。小さな子供でも靴磨きをしたり、物乞いをしたり、あるいは盗みなどを働いて、皆必死で生きていたのだ。

そんな状況の中をどうやって見つけたものか、勤務中に「水谷萌を探している」という人の訪問を受けたのである。

『萌……』

回想に耽《ふけ》っていた萌の耳に、ふいに、あの聞き慣れた優しい声が響く。

少女のような優しい顔立ちをした少年が、萌の前に立っている。手の平に収まりそうな小さな頭と繊細な目鼻立ちは京人形に似ている。作られたように精巧で、濡れたような黒髪と透き通るような皮膚を持つ、錦絵《にしきえ》にでも描かれそうな、儚《はかな》げな美しい少年だ。

『どうして、僕の言うことを聞かなかったんだい』

（兄さま……）

萌の胸は後ろめたさと後悔に満たされる。「兄さま」が萌に失望しているのがわかるからだ。声はいつものように優しいけれど、その言葉の端々にやるせなさを感じる。少年の、萌と同じ特徴を持った瞳が、悲しげに、批難を込めて萌を見つめている。

『いつだって僕が正しかったのを、萌は知っているだろう。お前は、僕に従っていればそれでよかったのに』

（だって、兄さま……あちらには老《お》い先短いおばあさまがいて、どうしても私に会いたい

と仰《おっしゃ》っていて……それに、萌は寂しかったんですもの)

『僕がいるじゃないか。僕だけじゃ、いやだって言うの』

(兄さまは、夢の中にしかいないんだもの……目を開けていれば、萌はいつでも一人きり……)

「かええらしいお嬢さんじゃのう」

萌ははっとして、目を開けた。どうやら束の間うたた寝をしていたようだ。

顔を上げると、向かいに座る老婆が柔和な笑みを浮かべてこちらを窺《うかが》っている。萌が思わずその老婆の顔を見つめてしまったのは、この暑いというのにほっかむりをしたその顔の右半分が、ひどい火傷《やけど》で損なわれていたからだ。

萌は二年前に岡山市にも大きな空襲があったことを思い出した。恐らくこの老婆はその折に運悪くそこにいたのだろう。各地の空襲で火傷を負った者は大勢いたし、体の一部を失って復員した者も珍しくなかったのだが、腰の曲がった小さな体に負った火傷は殊更《ことさら》惨めで、人目を引いた。

けれど、萌が老婆の火傷に注意を引きつけられてしまったのには、違う理由があった。萌の置かれている現在の特殊な状況の中に、思いがけず戦災という現実を思い出したからだ。

(そうだわ。これは、夢なんかじゃない……)

横浜を遠く離れここに至るまで、萌はまるで夢の中をふわふわと漂っているように感じていた。それほど、現実味の乏しい旅路だったのだ。

一方、老婆はこういった視線には慣れているのかまるで頓着せず、萌を物珍しげに観察している。

「この辺りじゃ見かけん顔じゃが、あんた、どこから来んさった」

「はあ。あの、横浜です」

「あれまあ。でえれえ都会から来んさったもんじゃのう。どけえ行きんさる？　こねえな田舎に何しに来んさったんじゃ」

横浜と聞くなり老婆の顔が好奇心に輝く。萌は話していいものか隣の女――智子をちらりと窺った。智子は萌の代わりに、老婆の問いかけに対し、つんとすまして口を開く。

「私どもは黒頭《くろず》村へ。お嬢様はお里帰りになりんさります」

「あれまあ」

老婆は驚いたように小さな目をキョトンとさせ、興味深げに萌の顔を見つめた。

「あの、鬼の村へか」

「ま……」

そのいかにも穢《けが》らわしいものを口にしたという言い草に、智子が嫌そうな表情を浮かべる。もちろん、驚いたのは萌である。尋常でない「鬼」という言葉に、さっと顔が青ざめた。鬼など、人を喰《く》らう恐ろしいもののけではないか。小さな風呂敷包みを握る手の平が、我知らずじっとりと汗ばむ。

「鬼の村……？」

「そうじゃ。お嬢さん、何も知らんのんか」

「ちょっと、おかしなこと言わんでください」

「おかしなことやこねえじゃろ。黒頭村は鬼を祀《まつ》っとることで有名じゃねんか。鬼の子孫が住む村じゃ言うて、鬼の村呼ばれとる」

老婆は悪気もない様子で恬然《てんぜん》として畳みかける。その言葉に狼狽《うろた》える萌に、智子は強《こわ》張《ば》った顔をして、困ったように笑いかけた。

「萌さま。怯えんでもええですよ。世間で言う恐《きょう》てえ鬼が住んどるわけじゃないですけえ。村の言い伝えですけん」

「ええ……」

それでも、鬼を祀っていることを否定しない智子に、萌は内心不安を覚えざるを得ない。桜貝のような小さな爪で衣紋《えもん》をつくろいながら、萌は動揺を押し隠して俯《うつむ》いた。

萌は言いたいことや聞きたいことなどを、容易に口にできない性格の娘だった。父すらも距離は遠く、いつも自分の気持ちを心の奥底にそっと秘めているような、大人しい、あるいは「何を考えているかわからない」と評される気質であった。

それゆえに、聞かなければいけないことはたくさんあるのに、ここに来るまでの道のりでも、萌は智子とろくに会話を交わすこともできなかったのだ。

萌は、これから向かおうとしている黒頭村について、ほとんど何も知らない。そこがどんな場所なのか訊ねることもできず、ただ様々な空想を巡らせているうちに降ってきた老婆の言葉は、まさに青天の霹靂《へきれき》だった。

黒頭村は、萌の両親の生まれた場所と聞かされている。つまり、萌の父と母は、同郷の生まれだったのだ。萌はそんなことすら知らずにいた。

(思えば、私は父さん自身のこともほとんど知らないんだわ。私も、父さんも口べたで、ずっと二人きりの生活だったのに、ほとんど話なんかしなくって……)

萌の父は職を転々としていて、割烹《かっぽう》旅館で働いたり、新聞社に勤めてみたり、商事会社で会社員をやってみたりしていた。萌は小学校を出たきり、よほど生活の苦しいとき以外は、ずっと家で家事をして暮らしていた。内向的な性格の萌は人と接することを好まず、世間から隔絶されたような、非常に狭い世界で生きてきたのである。

そしてそれはまた、萌の父、護《まもる》も同じように見えた。護も極力人と関わることを避けた。萌は、近所では自分たちが「陰気な親子」と呼ばれていたことを知っている。そしてそれはその通りだとも思っていた。

父はいつも静かで俯きがちで、人と目を合わせることが苦手な性質を持っていた。目鼻立ちは端正といえる顔だったにもかかわらず、それが少しも魅力的に見えなかったのは、その陰湿な雰囲気のせいだろう。萌もまた、父と同じように、うちに引きこもるばかりで、家の中はいつも暗く、湿っぽかった。まるで、咎人《とがびと》の暮らしである。「萌さまは、大層大人しいお嬢様ですねえ」と、出会って少ししてから、智子にも言われたものだ。

智子は、萌の母の実家である桐生《きりゅう》家が迎えに寄越した使用人である。桐生家は、村を出奔《しゅっぽん》した二人の行方を二十年以上も捜していたというのだ。

戦後のひどい混乱で、人捜しなど更に難しい状況だのに、よくも見つけ出せたものだと思う。かつて父と住んでいた東京など、空襲で一帯が焼け野原になり、地図すら変わってしまったというのに。

いや東京だけではない、あちこちの都市が空襲に遭い、皆這々《ほうほう》の体《てい》で疎開《そかい》していったのだ。誰がどこにいるかなどわからなかった。萌が見つけ出されたのは、本当の奇跡だったに違いない。

萌の母、楓《かえで》は桐生の家の長女であり、萌の父、護と村を出て以来、杳《よう》として行方が知れなかったと、弁護士を伴った使者は言った。捜し続けて二十年——ようやく、居所が摑めたため、こうして迎えに来たのだと。

「お嬢さん、里帰りゆうて、一人か。父さん母さんはどねえした」

老婆はお喋《しゃべ》りだった。萌が遠くから来た娘ということで、ひどく興味をそそられているらしい。

「はあ。あのう……東京の空襲で」

「ああ、そうじゃそうじゃ。ぼっけえ被害が出たんじゃってなあ。あれまあ、私も岡山市に住んどった息子に会いに行っとったら、丁度空襲でこねえになってしもうてなあ。息子はおえんかった。私は、命があっただけでも儲《もう》けもんじゃ。お嬢さんも、ほんに助かってよかったのう」

「ええ……本当に」

父が亡くなってから二年も経ったというのが信じられないほど、月日の流れは早かった。桐生家の使いがやって来たのは二月ほど前のことだが、それもまるで昨日のことのように思う。

そして瞬く間に話は展開し、萌はいつの間にか、こうして傍らの智子に連れられて、ここまでやって来ていたのだった。人手不足だったホテルの上司も、そういうことならお行きなさいと暇を出してくれた。天涯孤独だった萌は、突如として一族のいる故郷へと帰ることになったのだ。

「しゃあけど、まあ、横浜からか。あの村にゃよそ者は滅多に行かんよ。よそから嫁いだり、よそへ越したりなんかまったく聞かんもの。あんたあ、珍しいお嬢さんじゃなあ」

老婆はどこか呆れた様子で笑いながら頷いている。智子はすっかりこのお喋りな「よそ者」を警戒した様子で、不機嫌な顔を隠さない。

「ああ、けど、前に一度物好きな民俗学者さんが黒頭村に行くゆうて降りてったのを見たなあ。珍しい民間信仰じゃ言うて。なんか、神隠しも多い言うとったかなあ」

「あれ、またそねえなこと！」

智子が語気を荒げる。老婆はキョトンとして肩を竦《すく》め、また何か言おうとするのを智子にぐっと睨みつけられて、不満げに口の中で何かもぐもぐと呟いた。

「萌さま、色々なお話はお屋敷に着いてから、ご隠居《いんきょ》さまからとっくりと聞かさしてもらえますけん。何も気にせんでええですからね」

「ええ……」

鬼を祀る鬼の村に、神隠し。

震え上がるような言葉をいくつも浴びせられ、気弱な萌には、次第にここへ来たことが間違いのように思われ始めた。萌の胸には、不安だけでなく、少なからず期待のようなものもあったのだ。身寄りのない萌を引き取ろうとしてくれる、見も知らぬ家。その作り話のような幸運に、暗い生活を送ってきた萌が、まるで御伽《おとぎ》話のお姫様になったような、甘い空想を抱いても、仕方のないことだった。けれどそれは、鬼という恐ろしげな言葉に、呆気《あっけ》なく打ち消されてしまう。

（やっぱり、やめておいた方がよかったのかしら。父さんの言うように……そして、兄さまの忠告の通り……）

実は、萌は父の遺言に背いている。体も頑健《がんけん》で病気もなく、空襲の不幸さえなければ今すぐに死ぬという年齢でもないはずだったのに、父は弁護士に萌への遺言を預けていたのだ。

そこには、当座《とうざ》は暮らしていけるほどの蓄えがあることと、もしものことがあったらこの人を頼れなどの指示、そしてひとつ、思いも寄らぬ内容が書いてあった。

それは、「何があっても母の故郷に帰ってはいけない」ということだ。

萌はその文言を見たとき、首を傾《かし》げずにはいられなかった。何しろ、父はまったく母のことなど教えてくれたためしがなかったのだ。母親の故郷に帰りたくとも、帰れるわけがない。そう、今回のように、向こうから迎えに来てくれない限りは――。

（父さんは、知っていたんだわ。いずれ、母さんの田舎から迎えが来るっていうことを）

ここで、今になって萌は不思議に思うことがある。父の遺言には「母の故郷」と書いてあったが、母の故郷はすなわち父の故郷でもあるのだ。それだのになぜ、父はわざわざ「母の故郷」とだけ書いたのだろうか。

そんな父の遺言があったにもかかわらず、萌はここへ来ることを決めてしまった。いけないと思いつつ、心の欲求を抑えることができなかったのだ。

（だって、私を捜してくれている人があるだなんて、知らなかった。私を求めてくれてい

る、肉親が存在しただなんて）

萌はひどく孤独だった。ずっと父一人子一人だった寂しさ。そして父を失ってからの悲しさ。何よりも、萌は生まれたときから、ある身体的な理由によって、周りから一歩離れざるを得ない悲哀を背負っていた。

だから、萌にとってのたった一人の近しい人は、夢の中の「兄さま」だけ。一度、幼い頃、無邪気に父に兄さまの話をしたことがあった。いつも夢に出てきてくれて、そして萌のことを守ってくれる男の子があるのだと。そうすると、滅多に顔色を変えぬ父親は、非常に険しい顔をして、「それはお前の妄想だ。頭がおかしいと思われてしまうから、他の人には決してこのことを話してはいけないよ」と厳しく言ったのである。

父に「妄想」「頭がおかしい」と言われた萌は、真っ暗闇に落っこちてしまったように絶望した。妄想などではないと萌にはわかっている。けれど、唯一の肉親である父ですら信じてくれないのだから、これは決して誰かに喋ってはいけないことなのだ、と幼心に思い知ったのだった。そして、自分を理解してくれない父を遠くに思った。萌は一層孤独を深め、話し相手は「兄さま」と自分自身だけになってしまった。

この、萌の体に染み付いた黒い影のような孤独というものが、突然現れた肉親に、強く惹きつけられてしまったのだ。夢の世界だけではなく、実際に存在する、萌の近しい人たち。何よりも、萌は顔も見たことのない母の、そして父の故郷を知りたかった。

「さあ、萌さま。降りましょう」

バスに揺られて小一時間、とある停留所で智子は萌を促した。

「鬼に喰われんよう、気ぃつけてなあ」

バスから降りる萌たちの背を追いかけるように老婆が声を上げる。智子の横顔が引き攣《つ》るのがわかった。どうやら黒頭村は、近隣の者たちからあまりよく思われていないようだ。

萌の不安は続いている。あの老婆の嗄《しわが》れた声が耳に染み付いて離れない。わんわんとうるさく鳴き喚《わめ》く油蟬《あぶらぜみ》の声が萌の揺れる心を掻き乱す。

今なら引き返せるだろうか。一人で横浜へ帰れるだろうか。

そんなことを考える間もなく、バスの停留所の近くに、外国製の黒塗りの自動車が停まっているのが見えた。白い帽子を被った洋装姿の運転手はすでにドアを開けて待っており、萌の顔を見て恭しく頭を下げた。

「さあ、萌さま。お乗りんさってくだせえ」

智子に誘導され、萌は一瞬頭をよぎった逃亡の計画を、諦めた。逃げ出したい心をそっと押し隠して自動車へ乗り込むと、革張りのシートはふっくらとしていて、柔らかく萌の腰を包み込む。すし詰め状態の二等車で、長いこと揺られてきた感覚とは段違いだった。

すぐに走り出した自動車は、バスの走る道路から枝分かれした細い道へ曲がり、萌を元いた世界から連れ去って行くように山深い場所へと入ってゆく。

「もうこの辺から黒頭村です。萌さま、ご覧になってつかあさい」

　黒頭村は津山にほど近い山間の村だ。山といってもなだらかなもので、小高い丘に囲まれていると言った方がいいかもしれない。その丘の斜面には丸々と実った白い桃の木々が綿々と連なっている。窓の外から漂う甘い香りに、萌は少しだけ心を慰められた。

「わあ。たくさんの桃畑……」

「桃は黒頭村の一大産業ですけんなあ。白桃、中でも清水白桃が有名ですぞな。この川は吉井川いいます。大雨の降ったときには悪さもしますけどなあ、この水はええ水です。ええ土とええ水、ぎょうさんのお日様で、舌の蕩《とろ》けるほど甘い水蜜桃《すいみつとう》ができるんですわ」

　村の端を流れる豊かな川は太陽の光を受けてきらきらと輝き、美しい。

　いいところだ、と萌は素直に思った。ここには人でごった返す都会よりも、ゆっくりと時間が流れ、のびのびとした素敵な生活があるのに違いない。

　ふいに、萌は自分をいじめていた同僚の女たちを思い出して、気持ちが沈んだ。彼女たちは、萌が異人の客や上司に気に入られているのを見て、媚《こび》を売ったの体を売ったのと陰口を叩き、萌が掃除をしているときにわざと床に汁物をこぼしたり、雑用を押し付けたりしていたのだ。年齢は萌よりもずっと若い娘から四十、五十の女たちまで様々だったが、皆萌のことが嫌いだった。なぜだか萌にはまるきりわからない。ただそこにいるだけで癪《しゃく》に障るのだろう。

萌は昔からこういった理不尽な目に遭ってきた。陰気で、気持ちの悪い、いつも一人で薄ら笑いを浮かべているいやらしい娘。現実で友達もなくお喋りを楽しむこともできない萌は、ただ、夢の中の兄さまとのひとときを思い出したり、罪のない空想に耽《ふけ》ったりしていた。だから気味が悪いと思われたのかもしれない。

一度など、盗みのぬれぎぬを着せられて、「盗んだものを出せ」と、食事をとる控え室で給仕たちに寄ってたかって服をむしられ裸にされそうになったことまであった。危うく逃げ出してことなきを得た。

そんな目に遭っても、萌は相手を心底恨むことができない。原因はきっと自分にあると考えてしまう。自分の中の何かが、彼らを掻き立ててしまうのだ。そう思わざるを得ないほど、萌は不幸な目に遭うことが多過ぎた。

（もう、忘れてしまおう。あんなこと……）

そう。萌は今横浜ではなく、岡山にいるのだ。萌をいじめていた人たちだって、もういやしない。ここはあんなところよりも、ずっと素敵なところ。のどかな田園風景に、萌は先ほどのバスで老婆の口から出た陰惨な言葉を忘れかけている。

「この辺一帯は代々桐生の土地ですん。あっちゃでもお話されたと思いますけど、桐生家は黒頭村一の分限者《ぶんげんしゃ》で、いわゆる地主でしたんよ。農地改革やなんやありますけど、この山はそれを逃れましてなあ。まあ、新しい時代いいますけど、こねえな田舎の村ではまだまだ地主さま言うたら、そりゃあ大層なもんです。平安からの、千年以上続く名家ですけんなあ」

智子は誇らしげな様子だ。萌は最初に桐生家が大変な資産家であると聞かされてはいたが、嬉しい気持ちや得意に思う気持ちよりも、荷が重いような、腰が引けるような思いの方が強かった。資産家と聞いて、萌はすぐに、これから遺産争いに巻き込まれたりしないだろうか、陰険な継母《ままはは》が現れたり、またいじめられてしまうことにならないだろうかと、様々な空想を膨らませていたからだ。

萌は想像力の豊かな娘だった。他人と話すこともない萌は、いつも暇さえあれば自分の中でちょっとしたきっかけからお話を作り上げては、一人でそれを楽しむことに没頭していた。

現実はいつも思うようにいかないけれど、想像のお話の中でなら、萌は自由になれる。空想の世界は優しい。肉体の生々しさもなく、萌はいくらでも綺麗なお話を作ることができる。幼い頃は、もしも自分がきちんとした教育を受け、本をたくさん読める環境にあったならば、樋口一葉《ひぐちいちよう》や与謝野晶子《よさのあきこ》のような女流作家として、立派に世に出ていたかもしれない、などと想像していた。

そして、そんな夢を兄さまに打ち明けると、「だめさ、そんなこと。だって、萌は頭がよくないじゃないか。どんなに想像力があったって、きちんとした文章が書けなくちゃお話にならないよ」などと言って、利口そうな大きな目をくりくりとさせて笑うのだ。萌が悔しがって、兄さまの意地悪、と泣きそうになると、兄さまは慌てて、「大丈夫。女の子は頭が悪くたって一向に構いやしないんだから。萌はとっても可愛いから、それで十分なんだよ」と柔らかな腕で萌を抱き締めてくれる。萌はそれですっかり安堵してしまうのだった。

田畑の間を縫って自動車が進んで行くと、ちらほらと村人たちの姿が見え始める。そして、奇妙なことに彼らは萌がそこに乗っているのを認めると、まるで大名行列でも通ったかのように、地面に這《は》いつくばらんばかりに頭を深く垂《た》れるのだ。老人など、数珠《じゅず》を片手に拝み始める始末である。

「なぜ、皆あんな風に頭を下げるんでしょう」

村人たちの奇異な行為を訝《いぶか》って思わず呟くと、智子は含み笑いした。

「小さい村のことですけん。萌さまが帰ってくるいう話は、もう皆にも伝わっとるんでしょうなあ」

「え？　でも、それで、どうして」

「萌さまは地主さまの家の大切なお姫さまでいらっしゃるけん。ご隠居さま——つまり、萌さまのおばあさまですなあ。ご隠居さまも、大層萌さまのご到着を楽しみにしとられとるし、屋敷の者も皆、萌さまをお待ちしとりますんよ」

けれど、それがどうして村人たちの、まるで神様を拝むような態度になってしまうのかが、わからなかった。

萌が何やらまた異様な心地に襲われるのと同時に、自動車は大きな森の中へと入ってゆく。日の燦々《さんさん》と降り注ぐ明るかった世界から、一転、緑深い暗闇に呑み込まれたようで、萌はうなじが僅《わず》かにそそけ立つのを覚えた。心なしか、あんなに暑かった気温が、すうっと不思議なほどに寒々として、指の先が冷たく凍えるほどだ。

同時に、何かぞわぞわとするようなうずきが、萌の肌の下を走る。まるで武者《むしゃ》震いのようなおかしな痙攣《けいれん》が、微弱に萌の体を震わせた。

(なんだか怖い……。兄さま……どうか、私を守って)

バスの中でうたた寝をしていたときにも現れた少年に、萌は祈った。

萌が何かに不安を覚えたとき、助けを求めるのはいつもあの兄さまだった。思ったことを何でも話せるのは、兄さまだけ。遠い昔に亡くなった母でもなく、二年前に亡くなった父でもなく……。

「もうすぐ見えてきますけん。ほら、あれが桐生の屋敷ですわ」

十分ほど、森の中を走っただろうか。ふいに視界が開けたと思ったら、そこにはまるで今までののどかな田舎の風景や深い森とはまったく別の場所へ飛んできてしまったかのような、立派な日本家屋が建っていたのだ。

　そして、萌を更に驚かせたのは、その屋敷の色だった。

「真っ赤なお屋敷……」

　思わず萌が声を漏らすと、智子は不思議そうな顔をした後、にっこりと笑った。

「ああ。東京の方ではあまりねえですか。これは紅殻《べんがら》塗り言いますんよ。この辺りでは珍しゅうないですけど、見慣れんと驚きますわなあ」

　その屋敷は、文字通り真っ赤に塗られていた。壁も、柱も、窓格子も、すべてが燃えるように赤く、それが緑の森を背景としてこつ然と姿を現したのだから、萌は目を奪われずにはおれなかった。

　長い土塀の前で自動車は停まり、智子は萌を連れて門をくぐった。

　中へ入ればそこにはまた見事な日本庭園があり、大きな鯉《こい》の泳ぐ池まであった。今も松の剪定《せんてい》をしている庭師が働いていていて、萌の姿を認めると、はたと仕事の手を止めて、村人たちと同じように頭を深く垂れるのだ。

「いい加減にしてください！　早う帰って！」

　突然、大きく罵《ののし》る声が聞こえたかと思うと、お屋敷の戸がガラガラと激しく開き、中から転げるように薄汚れた袴《はかま》姿の男が一人出て来た。

「もう二度と来んといて！」

　ピシャリと戸が閉められる。

追い出された体《てい》の男は伸び切ったぼさぼさの頭をしきりに掻いていたが、唖然《あぜん》と見守っている萌たちにはたと気づいて、恥ずかしそうに頬を染めた。

「あれ、石野《いしの》さん、またおいでんなっとったんですか」

呆れた様子で智子が呟く。どうやら、男がここへ来て追い出されるのは初めてのことではないらしい。

「いやあ、どうにも諦めの悪い性分でして……して、そちらの、えらい別嬪《べっぴん》さんは……？」

眼鏡の奥から好奇心に輝く目で見つめられて、萌は恥じ入って俯いた。智子は面倒くさそうな顔で男を眺めている。

「このお屋敷のお嬢様ですよ。石野さん、あんた変なこと言うて萌さまを怖がらせんといてくださいよ」

「ほう、それでは桐生家のお身内の方なのですね。いやあ、驚きました。このお屋敷の女性は皆目が覚めるほど美しい！　僕は石野康一《こういち》と言います。一応民俗学を嗜《たしな》んでおりまして、この黒頭村に取材に来ております。どうぞよろしく……」

ぺこぺこと頭を下げつつ、食い入るような眼差しを萌から外さない。過剰な世辞《せじ》に萌は頬を染めた。萌の外見をあれこれと褒めそやす男たちは多かったが、彼らと違っていやらしさを感じないのは、この男の人柄なのだろう。

どうにも風采《ふうさい》の上がらないとぼけた様子だが、顔に愛嬌《あいきょう》があって親しみを感じさせる男だ。見たところ二十半ばといったところだろうか。日に焼けた顔に屈託のない笑みを浮かべると、もっと歳若いようにも見えた。

（この人が、バスの中であのおばあさんの言っていた民俗学者さんなのね）

前の話だと聞いていたものだから、もう帰ったものと思っていたがまだ滞在していたようだ。石野はひょろりと背の高い腰を屈めて、萌の顔色を窺うようにちょっと卑屈な目つきをする。

「ねえ、萌さんと言いましたっけ」

「はい……」

「お嬢さん、どうか僕をこの家のご当主に会わせてくれませんかねえ。もう何度来てもだめの一点張りで、いつも玄関先で追っ払われてしまうんです。この村の人たちもよそ者には口が堅くって、なかなか思うように行かなくってねえ」

「石野さん！」

智子が怒って声を上げると、石野は教師に叱られた生徒のように肩を竦める。

「だってねえ、萌さん、僕は鬼のことが知りたいんです。鬼の村と呼ばれているこの村を、もっと詳しく……」

尚も石野が食い下がろうとすると、自動車の中から運転手の男が出て来て、あっという間に民俗学者を門の外へ追いやってしまった。

　萌がぽかんとしている横で、智子はぷりぷりと重たげな体を揺すって憤《いきどお》っている。

「まったく、あげえにしつこい人、見たことねえですわ」

「あの方、この村のことをお調べになっているんでしょうか。当主に会えないって……」

「さあ。学者さんゆう人らのことは私にはとんとわかりませんけど、ほんに困りもんですわなあ。ご当主さまなんか、私らですら滅多に会えるもんでもねえゆうのに」

　智子は気を取り直したように、萌を促して玄関へ進む。萌は石野のことが気になったが、あの調子では今すぐ諦めて帰るなどということもしなさそうだ。この山間の村で、自分の他にも外から来た人間がいたのかと、萌は少し不安な心を慰められたような気がした。

「ただ今帰りましたあ」

　智子が外から呼びかけて戸を開けると、やはり真紅に塗られた玄関が萌の目に映る。

　そして、どこから集まってきたのか、わらわらと何人もの女中たちが広い玄関に押し寄せてきた。そして、萌の姿を見て、皆が一様にその場に膝をつき、「お帰りなさいませ」と声を揃え、深くお辞儀をしたのである。

　その光景に萌が呆気にとられ、しどろもどろになっていると、奥からぱたぱたと慌ただしい足音が近づいてきた。

「あら！　いらっしゃったのね！」

肩の上でゆるくカールした髪を揺らし、目を輝かせて現れたのは、目も覚めるような青いワン・ピースを着た、姿のよい大柄な美人である。三十を少し越えたくらいの歳だろうか。旧家にそぐわない華やいだ雰囲気に、萌は日を奪われた。

智子はその女を見て、目を丸くしている。

「まあ、藤子《ふじこ》さまもおいでんなられとったんですか」

「だって、姉さまの可愛い娘が来るんですもの。橘《たちばな》の家でじっとなんかしていられないわよ。うっふっふ」

コケットリーに笑う藤子というその女は、どうやら萌にとっての叔母であるらしい。それを知るや、萌ははっとして目の前の人物を見つめた。初めて出会う、父以外の血縁者である。藤子の方も、食い入るように萌の顔を凝視している。

「まあ……。本当に、姉さまにそっくりだわ。瓜《うり》二つよ」

「あ、あの……」

「はじめまして。萌さん」

萌が震える声で挨拶をしようとすると、藤子がにこやかに機先《きせん》を制した。萌も慌てて「はじめまして」と返す。

「あたし、あなたのお母様の妹の藤子です。ああ、でも叔母さまなんて呼んじゃいやよ。子供もいないのに、急に老け込むみたい。あたしのことは名前か、姉さまとでも呼んで頂《ちょう》戴《だい》ね。おほほ」

藤子の明るい冗談に、少し緊張が和らぐのを感じながら、萌は徐々に歓喜が胸を満たしてゆくのを覚えた。

萌は初めて父以外の肉親と対面したのだ。写真すらなかった母の顔が自分に似ているのかいないのか、萌には知りようもなかったが、藤子の口ぶりからすると、どうやら自分は母にそっくりであるらしい。

萌はそのことに、もう少しで泣き出してしまいそうなほどの感銘を受けていた。顔も知らず声も知らず、他人よりも遠い存在だった母を、今初めて自分の内側に感じたのだ。

（ここは、本当に母さんの家なんだわ）

この、幾人もの使用人を抱えた立派な旧家が、母の家。そう思えば、これまで何の感情も抱けなかった母という人に対して、萌はにわかに誇らしく、そして怖じ気づくような気持ちもした。

そして、どういうわけか、萌はこの家をどこか懐かしいとすら感じるのだ。一度も訪れたことがないのに、不思議なことだ。これも、母娘の縁ということなのだろうか。今更ながらにそう感じ入り、萌は大きな瞳に涙を溜めた。

しかし、興奮はしすぎまいと、無意識のうちに己を律する声が萌を冷静に返らせてゆく。これは幼少の頃から萌の体に染み付いた、決して抜けることのない癖だった。萌には、あまり感情を昂らせることのできない理由があるのだ。そのために、外から見た萌は、あまり口もきかず、表情も乏しい、人形のような娘になっていた。

「さあさ、いつまでもそんなところにいないで、お上がんなさい。あなたのおばあさまがお待ちかねよ」

藤子に促され、ようやく萌は玄関に上がった。「萌さま、また後ほど」と智子は頭を下げ、萌を藤子に預けて、数人の女中と共にその場を立ち去った。

まるでどこまでも続いていくような長い長い廊下を歩きながら、藤子は萌があまり口をきかないのにも頓着せず、ぺらぺらと捲《まく》し立てている。

「本当に、あなたが見つかったなんて奇跡だわ。何しろ、二十年間、全然見つからなかったんだもの。それに戦争で、人の足取りなんかもうぐちゃぐちゃだったでしょう。あたし、到底無理だと思っていたのよ。だけど、とうとう奇跡は起きたのねえ。本当によかったわ」

「はあ……」

「おほほ、あなたって無口ねえ、萌さん！　横浜から若い娘さんが来るっていうから、どんなアプレが来るのかと思っていたけれど、全然違っていたわね！　そんな大人しいところも姉さまとそっくり。だけど、姉さまは案外行動派だったのよね。だって、こんな大きな家を捨てて出て行っちまったんだもの」

藤子はおよそ田舎には似つかわしくない雰囲気を持っている。言葉にも、その抑揚にこの地方の特徴はあるものの、あまり方言を使わないのは、どこか他で暮らしていた経験があるためだろうか。

（こんなに華やかな人が私の叔母さまだなんて、なんだか信じられない）

いじめられる心配はなさそうだけれど、あまりにも萌とは真逆の明るさを持った女性である。萌は気後れするのを感じながら、大股で歩く藤子に懸命についていく。

「あら。明るいうちに庭へ出ているなんて、珍しいわね」

庭園に面した窓を覗き込んで、ふいに藤子は立ち止まった。そして、窓を開け放し、池の端でしゃがみ込んでいる男に声をかけた。

「宗一《そういち》さん！」

藤子の声に、男が顔を上げる。遠目に見ても端正なその目鼻立ちに、萌はどきりとした。すっくと立ち上がった大島紬《おおしまつむぎ》の着流し姿の背丈は六尺もあるだろうか。かなりの長身で着物の上からでもその逞《たくま》しさがわかった。

その大きな手には桃色の撫子《なでしこ》の花を持っている。花を摘《つ》んでいる最中だったのだろう。その姿は、まるで浮世絵にでも描かれそうな、水の垂れるような美しさだった。

藤子は萌の肩を抱いて、宗一と呼んだ男を手招きする。

「この子、お待ちかねの萌さんよ。あなたの従妹《いとこ》なのよ。ねえ、ちょっとこっちへいらっ

しゃいな、宗一さん」

宗一は藤子から萌に視線を移し、口を固く引き結んだまま、じっとして微動だにしない。

ここへ来てからというものの、過剰と言えるほどの歓待を受けている中、この男の態度だけが異質である。言葉にされずとも、その眼差しの中に、萌はありありと拒絶の意志を感じ取って、どぎまぎした。

(この人……どうしてこんな目で私を見るのだろう)

それはただの冷たい目つきとも違っていた。ただ、強くこちらを批難するような、まるでいたずらをした生徒を叱るような、威圧的な雰囲気がある。しかし、萌にはこの初対面の男にそんな態度をとられるような覚えはない。ただ、困惑だけが萌の胸にくすぶっている。

「帰れ」

しばらくの沈黙の後、宗一はにべもなくそう言い放った。

萌はその一言に凍りつき、藤子は呆れたように苦笑している。

宗一はただそれだけ言って、すぐにどこかへ行ってしまった。

「ま……今日はなんだか不機嫌ね。気にしないでおきましょ」

「は、はい……」

「いつもはああじゃないんだけれど。ま、似たり寄ったりかしらね。いつも短気っていうか短慮っていうか。まったく、いい歳して、人見知りかしら」

萌を従妹、と言っていたが、とすると宗一という男は藤子にとっての甥《おい》なのだろうか。

この家の住人のようだが、一体どういった立場の人間なのか。

萌はたまらず、勇気を振り絞って訊ねようとする。

「あ、あの……あの方は、その……」

「ああ、ごめんなさいね。紹介もまだだったわ」

藤子は早くも萌の口べたを理解しているのか、その問いかけの途中で引き取った。

「あの人は、一応桐生家の当主よ。桐生宗一さん。先代のお父さまが早くに亡くなってね。生まれてすぐに跡を継いだの。確か、今年で二十八になるかしら」

「当主さま」

ふと、先ほど玄関先で会った民俗学者の石野が、当主に会えないとごねていたのを思い出す。そういえば、明るいうちに庭に出ているなんて珍しいと藤子は言ったが、女中の智子も滅多に会えないと言っていたし、あまり人前に顔を出さない人物なのだろうか。

「私の母の……兄の子供、ということでしょうか」

「ええ、その通り」

それでは、宗一という男も自分の肉親なのだ。そう思うと、何やら不思議な心地がする。当たり前のことだが、この屋敷には自分の血の繋がった人間が何人もいるのだろう。それが、萌にとってはあまりにも奇妙なことに思えるのだ。

（だけどあの方は、私のことがお嫌いみたい）

萌はひどく落胆した。まだ歳若い当主がいるとは聞いていたけれど、その人は萌の想像の中では王子様のような人だった。帰ってきた萌を抱き締めてくれて、お姫様のような生活をさせてくれる、萌の救い主さま。兄さまが帰るのはおよしと言っていたのも、もしかすると彼に嫉妬しているからなのかも、などと空想していた萌は、自分の浅はかさに頬が熱くなるようだった。兄さまの言う通り、自分は本当に頭が悪い。女流作家など、夢のまた夢だ。

「宗一さんって気難しくてね。いつも傲慢で、その上怠《なま》け者よ。それも復員してからますますひどくなって。以前はもうちょっと真面目だったと思うんだけれど」

藤子はさも呆れた様子でため息をついている。

戦地ですさまじい体験をして、人が変わってしまったという話は聞かなくもない。戦時中に張りつめていたものが、敗戦という衝撃によって崩れ、無軌道に振る舞う若者も増えた。先ほど藤子が言ったアプレというのも、従来の道徳観に縛られない戦後の若者を指した言葉だ。宗一という人も、その一種なのだろうか。萌は過酷な目にあったであろう宗一を気の毒に思った。

「なんだかひどい戦場にいたらしいんだけれど、ビルマだったかしら……まあ、いいわ。

それで、二十八にもなってまだ独り身なの。良家の息子だったら、特に戦時中はどうなるかわからないもんだから、皆さっさと結婚しちまうものなのにね。毎日お酒ばっかり飲んで、一体誰に似たのかしら」

藤子は窓を閉め、再び歩き出しながら、ぶつぶつと文句を言っている。

「それなのに、とっても花が好きなのよ、あの人。おかしいでしょう。さっきみたいに、しょっちゅう花を摘んで部屋に飾っているみたい」

「お花を？」

「そう。すぐに枯れるのがいいんですって。変よねえ」

その理由は、確かにちょっと変わっている。けれど、萌も花は好きだ。あの取りつく島もないような宗一にも、自分との共通点があるのだと思うと、それだけで萌の胸は仄かに温かな気持ちを覚えるのだった。

「ああ、そうそう。萌さん、さっき玄関先で変な人と会ったでしょう」

「え……石野さんという方のことでしょうか」

「そう、その男。民俗学者とかいう、胡散《うさん》臭い人」

藤子はいかにも馬鹿にしたように唇の端を上げる。

「なんでも召集された先の部隊で黒頭村の者と一緒になって、それでこの村に興味を持ったんだそうよ。今もその戦友の家に厄介になっているそうなんだけど。あなた、変なこと言われなかった?」

「はあ。当主さまに会わせて欲しいとは、仰ってましたけれど」

「そう、それよ。あたしにも会う度にせがんできて困っているの。あのね萌さん、ああいう人は今後会うことがあっても無視なさいな。宗一さんはほとんど桐生家の身内の者にしか顔を見せないんだから。ましてや、よそ者になんか会うもんですか」

萌は藤子の言葉に疑問を抱く。宗一はなぜ身内にしか会わないのだろうか。いかにも健やかに見えたが、もしかすると、戦争のために、遠目ではわからない怪我《けが》や病気などがあって人目を避けているのかもしれない。

萌は恐る恐る藤子に訊ねてみる。

「あの……なぜ、宗一さまは顔をお見せにならないのですか?」

「宗一さんだけじゃないの。桐生家の当主は代々そういった慣《なら》わしなのよ。奥に引っ込んで滅多に人前には出て来ないの……一昔前のお姫様のようにね。うっふっふ」

こともなげに、藤子は慣わしという一言で済ませてしまった。妙なことだが、これ以上根掘り葉掘り聞くのもはしたないように思われて、萌は口をつぐむ。身内にしか顔を見せない当主——なぜそんな習慣があるのだろうか。宗一は寂しくないのだろうか……。平安から続く旧家のことだから、様々なしきたりがあるのだろうが、萌には馴染めそうにもなかった。

そのまま萌は藤子に連れられて、奥の座敷へと通された。その十畳二間続きの広い座敷の壁と天井の境にはずらりと古びた顔写真が飾られており、恐らく歴代の桐生家の人間だろうと思われた。

「失礼いたします」

座敷の入り口で、奔放《ほんぽう》な藤子が意外にも格式張って、かしこまった様子で手をつくので、萌も慌ててそれに倣《なら》う。ふいに、長旅で崩れた髪の、鬢《びん》のほつれが気になった。初めて祖母と会う席だというのに、鏡も見ていなかったことを後悔した。

奥には絹座布団にちんまりと座った小さな老婦人が、半ば腰を浮かせかけてこちらを見つめている。

「母さま。姉さまの娘の萌さんをお連れしましたよ」

「ああ、早う、早う、近う」

急かされて、藤子はくすくすと笑いながら萌を老女の前へ押しやる。

老人は、六十を越したばかりといったところだろうか。年齢のわりに皺《しわ》もさほど目立たず、若い頃はさぞかし美しかったろうという面影がある。白髪をきっちりと束髪《そくはつ》に結い上げ、黒い紋付を着た姿は、まだ女としての魅力を残しているように思われた。

「まあまあ、なんとゆうことじゃ。こねえに育ってしもうてから、初めて顔を見ることになるゆうてなあ」

老女は萌に縋《すが》り付かんばかりの様子でその顔を眺め、垂れた目尻に涙を溜めた。

「おお、おお。楓にそっくりじゃ。ああ、血は争われん。ほんに、親子なんじゃのう」

またもや母に似ていると言われ、再び喜びが込み上げる。顔も見たことのない母の面影は、自分の姿の中にあったのだ。

そして、この人は自分の祖母である。今や、自分に最も近い肉親とは、この人のことなのだ。祖母の涙に誘われるように、萌も涙を流した。血の繋がりという不思議な共鳴に、身も心もめくるめく歓喜に溢れていた。

感動の対面は、萌の想像以上のものだった。こうしてお互い涙を流し、手を取り合い、出会えた運命に感謝する美しい場面——ここへ来るまでにあれこれと思い描いたものの中で、唯一萌の夢想が叶ったのだった。父の遺言での警告は、やはり父の思い違いだったのだろう。

祖母の名は松子《まつこ》という。使用人たちにはご隠居さまと呼ばれているらしい。先ほど出会った現在の当主の宗一という人は、最低限の責務は果たすが、藤子の言った通り怠慢になりがちのようだ。この屋敷の実質の采配を振るっているのは、この松子と言ってよかった。

松子はひとしきり萌との出会いを堪能すると、萌の母、楓の話を口にした。

「楓はな。大人しゅうて気だてのええ、それはかわいい娘じゃった。そこの藤子とちごうて、口数も少のうてな。私の言うことにも、逆らったためしなかったけえなあ」

「逆らってばかりで、悪うございましたね」

　肩を竦める藤子に、松子はほっほっと小さな背を丸めて笑った。なるほど、姉の楓と妹の藤子は、まるで正反対の性格だったに違いない。萌は、自分の大人しい性質は父からきたものとばかり思っていたが、母からのものが大きかったのだろうか。

「あたしと姉さま、仲は良かったのよ。姉さまは優しくて大人しかったけれど、一度決めると頑固な人でね。その点、あたしなんかいつでもころころ意見を変えちゃうもんだから、姉さまは呆れていたわ」

「はて、楓はそねえに頑固じゃったかの」

「母さまはご存知ないのよ。姉さまがこっそり猫を飼っていたこともご存知なかったでしょ？　姉さまは絶対に自分一人で育てると決めていたの。一緒に拾った私にも口止めしてね。途中でその猫がどこかへ行ってしまうまで、毎日欠かさず黙々と面倒を見ていたわ」

「ほっほっほ。そねえなこともあったかねえ。あの子は優しい、芯の強い子じゃったもんなあ……」

　藤子と松子の思い出話に、萌は貪欲に聞き入っていた。

　これまで何もわからなかった母のことを聞ける歓びに、萌は興奮していたのだ。母はこのお屋敷で育ち、家族に囲まれ、当たり前のように生きていた。そんな母の日常のことが、萌にとってはまるで宝物のように輝かしい響きで、耳をくすぐるのである。

だが、楽しい話はいつまでも続かなかった。

「それじゃけえのう、あねえなことになるとは、誰も思っとらんかったんよ」

松子はふと目尻の垂れた顔を曇らせる。

「楓はなあ、この家でぼっけえ重要な役目を持っとった。じゃが、あの子はそれを嫌うてなあ。お前の父親と一緒に、逃げ出してしもうたんじゃ」

「重要な、役目……」

それもまた、初めて聞かされる話だ。父が母を攫い、母がこの家に迷惑をかけたのだと思うと、萌はまるで自分が責められているような居心地の悪さと申し訳なさを感じる。

「そうじゃ。この家だけじゃねえ。この村にとって、大切な役割だったんじゃが……」

母は、一体何をしなければならなかったというのだろうか。大人しい母が逃げ出したいほどのものとは、よほど苦痛を伴うことなのか。

萌の胸に再び、「鬼の村」「神隠し」などの不吉な言葉が浮かび上がる。ここにはやはり、萌の想像もつかないような恐ろしい秘密があるのではないか。

そのとき、おもむろに松子の口から萌を更に緊張させる言葉が飛び出した。

「実はなあ、萌。お前に、お前の母親が果たすはずじゃった役目を、引き受けてもらいてえと思っとるんじゃが……」

「えっ……私が？」

萌は声を震わせて狼狽えた。

思ってもみないことだった。母が放棄したという務めを、自分が頼まれることになるだなんて。しかも、初めてこの村へ足を踏み入れた、その当日に。

（私にできることならば……おばあさまのたっての頼みなのだから、して差し上げたいけれど……）

自分に母が逃げ出したという務めを果たせるのだろうか。何やら恐ろしくて、頷くことができない。

臆病で優しい萌は、受け入れることも拒むこともできずに、ただ黙り込んだ。今にも泣き出しそうな顔で銘仙の衣紋を押さえて俯く萌に、松子が殊更優しく声をかける。

「まあ、着いたばあで、こねえな話もおえんよなあ」

萌がようやく顔を上げると、老女は目尻に皺を刻んで微笑んだ。

「むつかしいことは、また今度にしょうか。今晩はゆっくりおやすみ」

「はい……ありがとうございます。おばあさま」

萌は退室の許しを得て、ほっと安堵した。

初めての祖母との対面はひどく緊張した。そして、喜びと緊張が半々に訪れる時間であった。ただ感動の場面しか想像していなかった萌は、突然の祖母からの頼み事に、正直鼻白むものもあった。ようやく見つけた行方不明の娘の一粒種に出会えたというときに、あんな話をされるとは露程《つゆ》も思っていなかったのだ。自分をこうして招いてくれたことは嬉しいけれど、もしかすると、自分は何か大変な思い違いをしているのかもしれない。ふいに、そんな正体のない不安が萌を包み込む。

松子との対面を終えると、藤子は一旦嫁ぎ先の橘家に帰ると言う。夫もやはり村の者らしく、自動車で送ってもらえばすぐの場所らしい。

「萌さん。明日は、あたしが村を案内してあげるわ。今日は長旅でとっても疲れたでしょう。ゆっくりお休みなさいな」

「ええ。色々と、ありがとうございます。叔母さま」

「あら、ちょっと、萌さん。叔母さまはだめと言ったでしょ？」

あっと口元を押さえると、藤子はおかしそうにころころと笑った。

そのとき、「藤子様、お迎えに上がりましてごぜえます」と家の使いの者らしき男がやって来る。

「あら、わざわざ来てくれたのね。ありがとう、次郎《じろう》」

藤子が男に対してにっこりと微笑むと、男は頬を赤くしている。猿のような顔をした大男だ。真っ黒に日焼けしたなめし革のような肌で、巌《いわお》のような体つきをしている。妖艶な藤子がそこへ並ぶと、さながら美女と野獣のように見えた。

ふいに、むずむずと、妙なうずきが萌の皮膚を這う。ここへ来る途中の森でも覚えた、あの奇妙な震えだ。

(風邪でもひいたのかもしれないわ)

じゃあまた明日、と告げて、藤子は自動車で送られて行った。見送りに門の前まで出た萌は、震えを押し込めて、微笑んで手を振った。

藤子がいなくなると、途端に旧家然としたこの家の重みがのしかかってくるようである。あの女性のおどけた態度は、今までかなり救いとなっていたことを萌は知った。

(母さんも、こんな気持ちだったのかしら)

と、萌は想像する。古い家で、古いしきたりの中、それに諾々《だくだく》と従っていたという母は、田舎の旧家には珍しい型破りな妹のお陰で、随分と助かっていたのではないか。

そんなことを考えながらぼうっとしていた萌の目の前に、ふいに、見慣れぬ男がふらりと現れる。

「あ……あなたさまが、萌さまでごぜえますか！」

「え？」

男は四十代の半ば頃だろうか。憔悴《しょうすい》した顔つきで、突然転げるように萌の足下《あしもと》へやって来て、地面に額を擦りつけた。

「どうぞ！　ぞうぞ、わしのかかあをお助けくだせえ！　病でもう長うねえと医者にも言われ、神様仏様におすがりして参ったんじゃが、かかあは悪うなるばあで……」

男は畑仕事で黒ずんだ指先で、ひしと萌の脚にしがみついた。萌は驚きのあまり、金縛りになったように動けない。

男の妻はどうやら重い病にかかっているらしい。けれど、それをどうして萌に訴えているのだろうか。困惑したが、男の必死さに打たれてもいた。

(助けてって……。私に、何かできるというの……？)

「頼みます、萌さまあ！　どうか、どうか、わしのかかあを……！」

「おい」

突然、重低音の声が貫くように響いた。

男と萌は、ハッとして後ろを見る。

「誰の許しを得て、ここへ足を踏み入れている？」

「あ……、わ、わしは……」

見れば、庭先から、宗一が怒気を満面に表し、男を睨みつけていた。思いもかけぬ展開に、萌は驚く。

(当主さまは、身内以外には滅多に顔を見せないのではなかったの……？)

「聞こえなかったか？　答えろ。なぜお前のような者がここにいる」

萌に縋り付く男はすっかり怯えて口もきけず、腰を抜かしたように動けない。

絵に描いたような美貌の男が柳眉《りゅうび》を逆立てて憤る様は、また壮麗なだけに、恐ろしかった。肌が緊張した空気にビリビリと震えるようだ。萌はまるで自分が叱られているかのように凍りついてしまう。

宗一は男が何も答えぬのに苛立ったのか、大股で近づいて、萌に縋り付く男を強かに蹴り倒した。男はぎゃっと声を上げてものの見事にひっくり返る。

「宗一さま！」

萌は仰天して思わず宗一を押しとどめた。放っておけば、今にも男を殺してしまいそうな勢いだったからだ。

「この人は、奥様がご病気なんです！　それをただ、私に頼みに来て……」

宗一は萌の話を聞いているのかいないのか、ただ男に縋られていた萌の脚の辺りを見て、怒りにこめかみの血管を浮き立たせている。

「けがらわしい」

「え？」

「なぜ、お前はそんなに無防備に……っ」

意味のわからない怒声を張り上げる宗一に、萌は震えた。鬼のような形相だった宗一はふいに、はっとしたように顔色を変え、怯える萌を見て苦りきった顔になる。

蹴られた男は倒れた格好のまま、恐怖に目を見開いて宗一を凝視している。庭へ引き返そうとしていた宗一は振り向き様にそれを見て、舌打ちをし、憤りに目を細めた。

「何を見ている。さっさと出て行け！」

そのとき、ようやく事態に気づいたのか、屋敷の中から使用人たちが飛び出して来て、男に飛びかかってゆく。

「ひ、ひぃ……申し訳、ございませぬう……っ」

男はすくみ上がって萌から離れ、這々の体で逃げ出した。数人の使用人が男を追いかけ、一緒に出て来た智子は萌の側へ駆け寄った。

「萌さま！　大事なかったですか！」

「え、ええ……私は、平気です」

萌は途端に、男が気の毒になった。突然のことに驚いて萌は何もできなかったが、なにもあんな風に乱暴に追い出されることはなかったのではないか。男はただ、病の妻を救ってくれと言っただけだったのに。

「宗一さま、なぜあんなに怒ったのでしょう……。それに、あの男の人……なぜ私に、願い事など言ったのでしょうか……」

「さあ……宗一さまのことは、私どもにもわかりません。滅多にお顔をお見せにならんお人ですけえ。あの村の男のことは、お気になさらんでください。萌さまは村の者にとって、神様みてえなもんですけえ。じゃけど、あげえに軽々しく直訴《じきそ》しようなんか、ほんに図々しい輩じゃ！」


智子は男の行動に憤っているようだ。庭を見てみれば、宗一の姿はすでにない。

（宗一さま、なんだかおかしかった……）

あそこまで怒りをあらわにするとは、よほど男が屋敷の敷地内へ入ったことが許せなかったのだろうか。この家のしきたりをまだ知らない自分が、何かまずいことをしてしまっていたのかもしれない。

それにしても、思い出すだけで震え上がってしまうような形相だった。男が本気で暴力をふるうのを目の当たりにしたのは、初めてだ。

（無抵抗の人を蹴るなんて、なんて乱暴な人なんだろう……）

萌の中に、宗一への恐れと反感が生まれる。当主だから、きっとわがままに育てられたのだ。何か事情があるのかもしれないけれど、暴力なんていけない。あの人の前では、機嫌を損ねないように萌も十分注意をしなければと思う。

（でも、最後はなんだか苦しげにも見えた……）

恐れと反感だけでなく複雑な感情も同時に覚えて戸惑った。

屋敷へ戻り、あてがわれた部屋へ戻ろうとする萌の側へ、智子が歩み寄る。

「ところで、萌さま。お食事の前に、お風呂をお召しんなってですか」

「はい。それでは、いただきます」

「では、こちらへ」

智子は萌を風呂場へ連れて行き、柔らかなタオルと清潔な浴衣を渡した。ごゆっくり、と去って行く智子の足音が消えるのを待って、萌は静かに着物の帯を解き始める。

萌はこうして他人の家に招待を受けたこともなく、公共の銭湯《せんとう》や勤め先のホテル以外で風呂を使うのは初めてのことだった。何となく気恥ずかしさを覚えながら裸身になり、浴室へ足を踏み入れる。これまでに入ったこともない、大きな檜《ひのき》風呂だ。

髪を洗い、全身を洗い流し、ゆっくりと爪先から浴槽《よくそう》に浸かると、ほどよく熱い湯が芯まで染み渡っていくようだった。

(ああ……気持ちいい……)

こうして体を芯まで温めれば、風邪もきっと治るに違いない。くたくただった体の隅々まで熱が浸透し、緊張で強張った萌の四肢を蕩かしてゆく。

こんなに広い風呂を独り占めするのが初めての萌は、湯船の中で伸びやかな四肢を広げ、魚が泳ぐように身をくねらせたり、うっとりと目を瞑って全身を浮かべてみたりもした。

一体、人前では大人しく、過剰に警戒したり緊張したりしてしまうが、こうして一人きりと確信しているときには、子供のようにのびのびと振る舞ってしまう萌である。もしも普段の萌を知る人が、一人のときの萌の行動を見たら、きっと驚いてしまうだろう。

（色々なことが一度にあったわ……。本当に、色々なことが）

萌は、父が死んでからのめまぐるしい日々を思い浮かべた。

横浜のホテルでは、外国人の客が多かった。従業員として働いていた萌が彼らに誘いを受けたのは、一度や二度ではない。給仕をする際に口説かれたり、通路をすれ違う瞬間に突然の抱擁を受けることなど日常茶飯事で、それが萌はとてもいやだった。同僚の女たちからいじめを受ける原因にもなったことだったし、孤独な幼少期、思春期を過ごしてきた萌は、まるで自分に自信がなく、なぜ彼らが自分に興味を示すのか、わからなかったのだ。

それまで外であまり働いてこなかった萌は、開けた世界に初めて触れ、毎日ひどく怯えながら、慎ましく、なるべく目立たないように仕事をしていた。それなのに、物好きな客たちは萌を放っておいてはくれない。

萌は、自分という存在は決して他人に受け入れられるものではないと決めつけていた。幼少期は萌のある身体的特徴がきっかけでひどくいじめられて、父に幾度も泣きついた。けれど、父はただ、その特徴を人前で見せてはいけないよ、とだけ言って、病院にも連れて行ってくれなかった。父も極端に口数の少ない人ではあったが、この深刻な悩みを取り合ってくれなかったことが、父と萌の間に見えない壁を作ったようにも思えた。

『それは仕方がないんだよ、萌』

と、兄さまは言う。

『お前のそれは、生まれつきなのだもの。病院で治せるものじゃないんだよ』

いつからか夢の中に現れるようになった少年は、萌のことならば何でも知っていた。萌の気持ちは言わずとも伝わっていたし、今日何があったのか、どんな風に思ったのか、兄さまはちゃんとわかってくれていた。

その度に『萌はぐずだなあ』『お前はもっとしっかりしなくっちゃ』と萌を叱ったり励ましたりするのだけど、言いたいことを言ってしまうと、後は萌を慰めたり笑わせようと懸命になってくれるのだ。

そして、萌が本当の危機に直面したとき、いつも守ってくれていたのも、兄さまだった。誤って足を滑らせ、川で溺《おぼ》れかけたときも、知らずのうちに岸へ上げてくれたのも兄さまだったし、ひどいいじめっ子を怪我でしばらく出歩けなくさせてくれたのも兄さまだった。そして最近のことでも、客の一人に危うく手籠《てご》めにされそうになったのを、その暴漢を気絶させて萌を救ってくれたのも、もちろん兄さまだったのだ。萌を寄ってたかっていじめていた同僚たちの乗ったバスを、事故に遭わせて怪我をさせたのも――。

なぜ、それが兄さまの力と確信しているのかと言えば、それは兄さまがすべてを知っているからに他ならない。

『僕がお前をひどいことから守ってあげる。だけど、ちゃんと自分でも気をつけないといけないよ』

と、兄さまは言うけれど、自分で気をつけていたって、怖いことは向こうの方からやって来てしまうのだ。家の中にいれば辛いことはないけれど、天涯孤独となった萌は外に出て行かなければ暮らしていけない。そして、外に出れば周りの人たちは萌をいじめたり、変に構ったりと、無関心でいてはくれないのだ。

(大丈夫……兄さまはきっと今回も私を守ってくれる)

湯船にしなやかな体を沈め、むっちりと実った豊かな乳房を抱き締めながら、萌は幼なじみであり、本当の兄のようでもある「兄さま」に囁きかける。けれど、本当の身内の家にいるというのに、未だに夢の中の少年に救いを求めるのも、おかしいような気がした。しかし、きっとここでもいいことばかりが起きるわけではないのだ。

ふと、萌の耳に、宗一のあの冷たい声が蘇《よみがえ》る。萌を責めるような眼差しが蘇る。

(あの人は、私を傷つけようとするかしら……)

決して友好的とは言えない態度だった。それに、ひどい乱暴者だ。

しかし、どういうわけか、萌は宗一のことが嫌いにはなれないのだ。元々、あまり人を嫌うことのない萌だが、自分を否定する態度を見せられれば、過剰にそれを受け止めて、自ら避けようとしてしまう。だが、あんな暴力の場面を見たにもかかわらず、宗一にはそういったいつもの反射がないのだった。理由は、萌自身にもわからない。

(とても綺麗な目をしているからかもしれない)

萌は、綺麗なものや人が好きだった。兄さまだってそうだ。あの少年があれほど美しい顔をしていなければ、あの目を持っていなければ、萌はこんなにも兄さまに依存はしなかったかもしれない。綺麗な目を持つ人には綺麗な心がある、と萌は信じている。たとえ顔立ちが美しくとも、心が醜《みにく》ければ、その人の顔は歪んで見えるのだ。宗一の顔はとても端正だし、瞳も澄んで美しく見えたのだから——そう、どこか懐かしさを感じていたけれど、宗一の目はどこか兄さまに似ているのだ。怖いほどに真っ直ぐで透き通っているあの目が——。

広い湯船を楽しんでいるうちに、萌はすっかり茹《ゆ》だってしまった。桃色に火照《ほて》った肌を伝う雫《しずく》をタオルで拭き取り、腰まである長い黒髪の水気を絞って、萌は糊《のり》の利いた浴衣に腕を通す。

湯に浸かり過ぎてまだ頭の芯がぼんやりとしていたが、あまり長く風呂を使っていては、他の人に迷惑だろう。萌は濡れた髪もそのままに、風呂場を出て、足早に部屋へ戻ろうとした。

廊下の窓は開け放たれ、熱い頬に夕暮れの風が心地よい。そのまま少し濡れ縁《えん》へ出てみると、丁度日の沈みゆく頃合いで、庭園は西日に赤く染まり、ひぐらしが鳴いていた。

(……宗一さま?)

ふと、萌はその一角に宗一が佇んでいるのを見た。石灯籠《いしどうろう》の黒く長い影に寄り添うように直立している宗一の、その足下には蝉の死骸《しがい》が落ちている。宗一は、ただそれをじっと見つめているのだった。

（何をしているんだろう……）

ひぐらしの物悲しい声が赤い庭園に響く。宗一は、まるで彫像にでもなったかのように、微動だにしなかった。ただ蝉の死骸を見つめているだけなのに、その姿は妙に萌の胸に迫る。昏い陰に覆われた宗一の表情は見えないが、なぜか狂おしい切なさを感じるのだ。

ふいに、宗一が顔を上げた。萌はハッとして肩を震わせた。

「……お前」

立ち竦んでいると、宗一はこちらへ歩み寄ってくる。また冷たく「帰れ」と言われるのだろうか。それとも、覗き見のような真似をしていたことをとがめられるのだろうか。萌が身を固くしていると、歩み寄ってきた宗一は、萌の顔を凝視して、息を呑んだ。

そして突然、萌の二の腕を、大きな手でぐっと強く摑んだのだ。

萌の心臓は大きく跳ねた。焼け付くように熱い手だった。萌も思わず宗一の顔を凝然と見た。近くで見れば、怖いほどに整った美貌だ。珠《たま》を彫ったような端正な目鼻立ち。男らしい造作なのに、女性のような優美さも滲む神秘的な面差し。艶やかな黒髪に、上等な練り絹のようになめらかな肌は、震えを覚えるほどに麗しい。その類希《たぐいまれ》な美しさを裏切るような、彫刻のような逞しい体つきが、見る者を惹きつけずにはおかない、どこか妖しい魔力を宗一に与えていた。

その顔に何かの表情を見とって、萌は喉を鳴らした。

ふいに、強い麝香《じゃこう》のような香りがむんと漂った。同時に、今まで覚えたことのない熱い戦《おのの》きを、腹の奥に感じた。例のむずむずとするようなうずきはいよいよ深くなり、萌は肌を掻き毟りたくなるほどの衝動を覚えた。

そのとき、萌はようやく自分の失態に気づいて、あっと叫ぶ。必死で宗一の手を振りほどき、顔の左半分を覆って、洗い髪を振り乱し、駆け出した。

(見られた……あの人に、見られてしまった！)

萌は泣き叫びたい衝動に駆られていた。こんな失敗は、長い間ずっとしていなかったというのに。やはり、今日は疲れ果てていたのだ。こんな茹だった状態で、誰に見られるかわからない場所を、平気で歩いてしまうだなんて……。

萌の目は、生まれたときから尋常のものとは違っていた。

左目の虹彩《こうさい》の左半分が、普段から薄茶ではあるが、それがどういうわけか、興奮し過ぎたり、顔に血が上ったりすると、真っ赤に染まるのだ。だから、萌はいつも烏《からす》の行水だった。のぼせてしまう前に風呂から上がらなくてはいけなかった。

夢の中の兄さまも、どういうわけか萌と同じ目の特徴を持っていた。兄さまの目は両目とも赤い。けれど、萌の左目の左半分にあたる、赤くなる場所だけが、兄さまは黒かった。

(せっかく、受け入れてもらえそうな場所に来たのに……私は、よりにもよって、こんなところで見られてしまった……)

幼い頃、萌は近所の子供たちにばけものと呼ばれていじめられていた。まだ自分を制御する術を知らなかった萌は赤い目を晒してしまい、大人たちにも奇異の目で見られた。そして、萌をひどく扱った者たちが何らかの形で報復を受けているのを見て、次第に露骨ないじめはなくなった。そのかわり、本物の「ばけもの」を見るような、恐怖と軽蔑と憎悪とが、萌の周りを常に取り囲むことになったのである。

だからこそ、萌は「鬼の村」が怖かった。

きっと誰よりも「鬼」に相応しいのは、他でもない、自分なのだから……。

＊＊＊

萌は身の置き所のない心地に、小さな体を竦ませている。

上座《かみざ》にはむっつりとした不機嫌な顔で居座る宗一が無言で酒を飲んでおり、この座敷には他に誰も人がいなかった。

つい数分前には松子も揃って夕食をとっていたのだが、何分《なにぶん》年寄りなので、すぐに引き取ってしまい、こうして二人で取り残されてしまったのだ。

普段の宗一はどうやらここではなく寝起きしている離れで食事をするようだが、今日ばかりは特別な客が来ているのだからと引きずり出されたらしい。

（何か、話した方がいいんだろうけれど……何にも思い浮かばないわ）

先ほど夢中で腕を振り払って逃げ出してしまった萌は、宗一相手に何と言ったらよいのかわからない。あのとき宗一が萌の腕を摑んできたのもなぜだかわからぬし、また、それが萌の赤い目を問いただそうとしたがゆえの行動なのなら、萌には沈黙を守り通すしかなかった。

宗一はまるで水でも飲むように酒を飲んでいる。まるでこちらを見ようともしない。気弱な萌はちらちらとその顔を窺いはするものの、自分から口火を切る勇気はとてもなかった。それに、夕餉の席についてからというものあのおかしな肌のうずきは今やずっと萌を苛んでいる。何やらわからないけれど、もどかしいのだ。身をうち振ってあられもなく身悶えたいほど、たまらない気持ちになるのだ。

（これは風邪なんかじゃないわ……。ここへ来てからずっと、私の体がおかしい……）

突然、御膳の上で宗一が銚子《ちょうし》をひとつひっくり返す。陶器のぶつかり合う音にさえ、萌はびくんと肩を竦ませた。

「酒が足りない」

ぼそりと呟かれた声に、萌は慌てて立ち上がる。

「あ、じゃあ、私が、お代わりを頼んで参ります」

「いい」

宗一は座敷を出ようとする萌を低い声で制する。

「後は部屋で飲む」

出ばなをくじかれ、萌は所在なく、元の座布団の上へ座り込む。

けれど、宗一はすぐに座敷を出て行くかと思いきや、不機嫌な顔つきで、その場に座したままだ。

「お前、なぜここに来た」

唐突な問いかけに、萌は思わず小さく震えた。

「あ、あの……私をずっと捜していたという人が来て……」

「目的は何だと聞いているんだ」

宗一のどこまでも黒い瞳が、萌をじっと見つめている。萌は宗一の問いかけの意図がわからず、困惑した。

「あの……私……母の故郷を見たくって、それで……」

「嘘をつくな」

「えっ……」

「ふん……金銭目当てか物乞いか……所詮《しょせん》そんなところだろう」

萌は驚きに目をいっぱいに見開いた。

「違います！」

「言っておくが、お前のようなみすぼらしい娘に渡す金など一銭もない。尻尾を巻いて帰るんだな」

あまりのひどい物言いに、萌は返事もできず言葉を失った。金銭目当てなどと、今の今まで考えたこともなかった。確かに萌は天涯孤独で明日をも知れぬ身で、桐生家は資産家と聞いてはいたが、そんなことを目的にわざわざここまで来たりはしない。

「明日には帰れ」

氷のように冷たい声音が、二人きりの座敷に響く。

「これ以上お前の顔を見ていたくない」

帰れと言われたのは、これで二度目だ。屋敷に来てからまだ一日も経っていないというのに、なぜこんなにも責められなければならないのだろう。何か気に障るようなことをしてしまったただろうか。

萌は唖然としながらも、沈黙が恐ろしく、懸命に声を絞り出す。

「は、はい……あの、できれば、そういたします……」

言い切ったところで、涙が込み上げ、はっとして下を向く。急いで袂《たもと》で目元を拭き、涙をこぼさぬよう堪えるものの、そうすると顔が火照ってきて、再び赤い目を晒しそうになってしまう。

いけない、いけないと思えば思うほど胸に何かの激情が込み上げて、萌はただ必死で嗚咽をかみ殺した。

「萌」

唐突に、あまりにも近くで低い声がした。

あまりにも自然に名前を口にされたことに驚いて、思わず顔を上げると、すぐ側に宗一が膝をついている。萌はびくりと震えた。

酒に上気した顔とはだけた逞しい胸元が近くにあり、またあの噎《む》せ返るような甘い香りが、アルコールに混じって匂い立つ。

(あ……また……)

自覚した瞬間に、萌の肌の下の血が沸騰する。かっと肌がもえあがるのを感じて、金縛りにあったように動けなくなった。

うずきがいよいよ大きくなり、萌は目の前の広い肩にしがみつきたいような衝動に駆られた。萌の瞳は潤み、唇は濡れた。宗一は無表情で萌を見下ろしている。

「野良犬の臭いがする」

「え……」

「お前がこの屋敷にいるというだけでおぞましい。とっとと消えろ」

吐き捨てるように告げると、宗一はすっと立ち上がり、重々しい足音を響かせて、離れへと向かって行った。

ふっと、体の熱が冷める。けれど、未だ肌のうずきは萌を抱き締めている。

一人、座敷に取り残され、萌は呆然として宗一の言葉を反芻していた。

（野良犬……）

彼は心底自分のことを嫌っている。屋敷にいるだけでおぞましいと言う。

他の村人たちからは異常なまでに歓迎されているだけに、宗一のこの態度はあまりにも鋭く、萌の胸に深々と突き立った。

（私はあの人にとって人間ですらないんだ）

萌の赤い目を見たためだろうか。それとも、本当に金目当てと思って萌を軽蔑しているのだろうか。萌は宗一に異常なほどの芳香を嗅《か》いでいるのに、宗一は萌に悪臭を覚えているのだ。もちろん本物の臭いなどではなく、ただひたすら萌の尊厳を傷つけてやろうとする悪意だろう。まるで子供のように、純粋な。

萌はわっと泣き伏した。今まで散々いじめられてきて、ひどい言葉も嫌と言うほど浴びてきたはずなのに、今宗一の言葉にこんなにも傷ついている自分が、惨めだと思った。まだ自分の中に期待があったのだ。母の家族のもとに帰れば、誰しもが自分を受け入れてくれるという、浅はかな期待が。

血の繋がりなど、幻想だ。萌は今、切に兄さまに会いたかった。

ぐちゅぐちゅぐちゅぐちゅ。

頭の中で濁った音がする。

この血に塗れた手。腐臭を発する肉体。こんなものを欲してくれているのは、ただこの場所だけ。血の池に埋もれる、狂気のほとばしるこの地だけなのだ。

汚れた身はここへ縛りつけられ、おぞましい供物に甘んじてさえいれば、あそこでだけは綺麗な心のふりをしていられる。

そう、ただ、見ているだけでよかったのだ。笑顔を、拗《す》ねた顔を、泣きべそを、安堵し切ったその顔を見ているだけで。

ああ、それなのに、手の届くところにある。甘い甘い蜜を体の奥にたくわえた、魅惑の果実。我慢できない。いや、しなければいけない。

ぐちゅぐちゅぐちゅぐちゅ。

頭の中の汚物が囁く。

もぎってしまえと唆《そそのか》す。散らしてしまえと囃《はや》し立てる。

もうすぐ狂気に染まる。あの恐ろしい発作がやって来る。

この衝動から逃れる術はないのだ。あの悪夢のような、しかし例えようもなく甘美な、陶酔の闇が肉体を包み込む。

ああ、欲しい。欲しい。

禁忌の果実だ。味わえばもう手放すことはできない。だが、この汚れた手で染めることはできない。

でも、欲しい、欲しい。抱きたい、味わいたい。

あの白い肌。濡れたような髪。若い娘のはち切れそうな肉体。

いつかの夜に食べた娘の体が蘇る。あいつもきっとあんな柔らかな肉をしている。温かな甘い血の味をしている。弾力を持ったなめらかな皮膚に、華奢な骨組み。蕩ける脳漿《のうしょう》に歯ごたえのある臓腑。

ああ、だめだ。肌の下で血の道が膨れ、頭の芯が痺れ、下腹部が勃然《ぼつぜん》とする。唾を何度も飲み込み、獣のように息を荒げる。

ぐちゅぐちゅぐちゅぐちゅぐちゅ。

ああ、抱きたい、抱きたい。口を吸って肌を舐め、肉をしゃぶって骨をすすり――――。

ああ、違う、そうじゃない、いやだ、いやだ、死にたい、死にたい、どうか、誰か眠らせて――――。

あア、食べたイ、食ベタイ――――。

胡蝶《こちょう》の夢

桐生家に滞在した最初の夜、萌は奇妙な夢を見た。正確には、夢というよりも、何かの奇怪な気配である。萌は疲れ切って深い眠りについていたのだが、なぜか意識は目覚めていた。

そして、萌は自分の上に、誰かが覆い被さっているのを感じたのである。

（誰……？　私の上にいるのは……）

萌は全身の血の凍りつくような恐怖を覚えたが、体は言うことを聞かず、目すらまるで開かない。そのとき、萌は再び、鼻孔にまとわりつくような、噎せ返るほどの濃密な麝香の匂いを感じた。

（またたわ……。この匂い、一体何なの……？）

この屋敷で度々嗅いでいるこの香り。多くは宗一といるときに感じるものだが、あの酒《さけ》浸《びた》りの当主が香水を嗜むとも思えない。それに、人がつけているとは思えぬほど、唐突に、あっという間に萌を包んでしまうほどの匂いなのである。

　そして、その匂いに、萌の体が熱くなるのも同様だった。肉体が眠っていて、自分の上にいる者の正体がわからないにもかかわらず、萌はその香りを嗅いだだけで、肌の下をむずむずと火照らせ、そこら中を掻き毟りたくなるような衝動に駆られるのだ。

　闖入者《ちんにゅうしゃ》は、荒い息を萌の頬に吹きかけ、首筋に鼻先を寄せた。そして、腰紐《こしひも》を解き、薄い浴衣の前を開いてしまう。蒸《む》し暑い夏の熱気の下に、萌の汗ばんだ肌が晒される。何者かの息はいよいよ切羽詰まった様子で、わなわなと震える手で、ひたりと萌の両の肩に触れたのだ。

（あ……いやっ……熱い……）

　萌は声にならぬ声で叫んだ。けれどそれは、実際喉を震わせ音を発してしまえば、まるで悦びの叫びのようにも聞こえたかもしれない。萌は、肩を撫ぜられただけで、身のうちの情欲を激しく掻き立てられたのだ。

　熱い手の平は、そのままゆっくりと下がり、萌のむっちりとした、みずみずしい豊かな乳房をそっと包み込んだ。指は柔肉に食い込み果汁を搾るように張りのある乳を揉みしだく。その指先が先端にかかったとき、萌の喉からは覚えず、淡い吐息が漏れた。

「は……ぁ」

　その瞬間、萌の体の上から、気配が消えた。襖《ふすま》の静かに開く音がして、何者かが去って行くのがわかる。その微かな足音が消えるのと同時に、呪縛から逃れたかのように、ようやく、萌はハッと目を開けることができた。

慌てて起き上がると、脱がされたはずの浴衣は元通りになっており、薄い夏布団もかけられたままである。

(今のは……夢？)

萌にはそれが現実なのか夢なのか、定かではなかった。ただ、全身がぐっしょりと汗に濡れ、下腹部がみだらな湿り気を帯びてうずいているのに、萌はひどく動揺したのだった。

それからまんじりともせずに夜を過ごし、うとうととしたまま朝を迎えた。明るい部屋の中で確認してみても、そこには目立った変化もない。

(やっぱり……夢だったのかしら)

夢だとすると、あんないやらしい内容の夢を見てしまったことが恥ずかしく思われて、萌は一人で赤面した。

(なんだか私、ここへ来てからおかしいわ。今までこんなこと、なかったたっていうのに)

まるで、欲求不満に悶えるはしたない女のよう。けれど、萌はこれまでそんなものをはっきりと感じたことはなかった。それなのに、この屋敷にいると、妙にみだらな気持ちばかりをそそられてしまう。

そのとき、襖の前に人の気配を感じて、萌は思わず身を固くした。

「おはようございます、萌さま」

女中の智子の声だった。萌はほっと気を緩め、おはようございます、と答える。するりと襖が開いて、人なつこい太り肉の顔が現れる。

「お目覚めになりんさりましたか」

「ええ。さっき起きました……ごめんなさい、遅くって」

「いいえぇ。もしも寝汗をおかきんさったんでしたら、お風呂をおあがりんさりますか?」

萌は濡れて張りついた浴衣の着心地の悪さに、すぐに頷いた。

(こんなおかしな夢のことは、お風呂で流してしまうに限るわ……)

このみだらな夢の名残《なごり》を誰にも悟られぬように、萌はすぐに支度をして、風呂場へ向かったのだった。

＊＊＊

風呂にゆっくりと浸かり、一息ついたところで、部屋へ戻る道すがら、萌は昨日宗一が花を摘んでいた場所を通りかかる。

(そういえば、蝉の死骸を見ていたのも、あの辺り……)

宗一は、あのとき何を考えていたのだろうか。花が枯れるのが好きらしいし、蝉の死骸も、同じように愛おしく感じるのだろうか。けれど、その感覚は萌にはわからない。動物や植物は、生きているときが美しいと思うのが普通なのではないか、と萌は思う。

それにしても、綺麗な庭園だ。庭師がこまめに手入れをしているのだろう。昨日は来たばかりで悠長に庭を眺める余裕などなかったが、こうして窓越しに見れば、まるで老舗《しにせ》の旅館にでもいるような心地になる。

「萌さま。お庭をお歩きにおなりんさりますか?」

「あっ。智子さん」

湯上がりで浴衣姿のままぼうっと外を眺めていると、おはしょりをして忙しく立ち働いている様子の智子が声をかけてくる。

「いいのですか?」

「ええ、もちろんです!　朝餉《あさげ》まであと少し時間はありますけえ、見ておいでんさったらええですよ」

萌は智子の言葉に甘えて、用意された下駄を突っかけて、そのまま庭へと出た。

見事に整えられた庭園には石灯籠や岩で囲った池もあり、美しい蓮《はす》の花の合間を紅白や黄金の錦鯉が泳いでゆく様は、さながら日本画の一風景のようだ。池の端には花菖蒲《はなしょうぶ》の青味がかった紫が鮮やかで、平垣の側には少し遅めの紫陽花《あじさい》が清々しく咲き乱れており、足下には桃色の撫子の花が可愛らしい。

萌はこの庭園を眺めているうちに、僅かに鬱屈《うっくつ》した気持ちがすうっと癒やされてゆくのを感じていた。

（そういえば……宗一さまは、この撫子の花を摘んでいたのだっけ）

宗一のことを考えると、萌の胸はキリキリと痛む。昨夜あれだけのことを言われたのに、萌はまだこの屋敷にいるのだ。思い出す度に体が震え、涙がこぼれそうになるけれど、萌はあと少しだけここにいたいと願っている。まだ、自分はこの村の何をも見ていないのだ。父と母の育った場所を、もう少し見たかった。自分はそのために来たのだから。

それに、宗一がふと見せた苦しげな表情が気になって仕方がない。ほんの少しでも彼を理解したい。そんな気持ちもあった。

あえて植えたというよりは、自生したものをそのままにしてあるといった風情の撫子を、萌も少しだけ摘んでみる。あんなに大きな背格好の、立派な男子であるこの屋敷の当主が、花を摘んで部屋に飾るというのも、やはり少し変わっている。

（ここは少しだけ、兄さまと会うあの花園に似ているわ）

萌は昨日の夜とうとう会えずじまいだった少年のことを思った。これまでに、兄さまと会えなかった夜があっただろうか。あまり覚えていないけれど、近頃では稀なことだった。

（もしかして……私があんな恥ずかしい夢を見たものだから、兄さまはどこかへ行ってしまったのかしら）

そんな風に考えると、萌は消え入りたいような心持ちになる。

兄さまは決して成長しない、清冽《せいれつ》な湧水《わきみず》のごとく透き通った、肉欲などには縁の薄い存在なのである。その兄さまに、萌が夜何ものかわからない闖入者に愛撫され、肌を熱くしたと知られてしまったら――。

萌は潔癖な娘だった。それだけに、感じやすい娘だった。己の皮膚のうちにみだらな女の血が流れていることは朧《おぼろ》げながらにわかっている。きっと、同僚の女たちは敏感にそれを嗅ぎ当てて萌を厭《いと》うていたのだ。

押し込めているだけに、多情な血がいつ溢れ出してしまうのか、恐ろしくもあった。けれど、それをやすやすと認めてしまうのが、たまらなくいやなのだ。萌は肉体のうちに隠された淫奔《いんぽん》な性をひた隠しにしたかった。

「萌さん、萌さん」

ぼんやりとしていたところで出し抜けに声をかけられ、萌は文字通り飛び上がって驚いた。見てみれば、茂みの後ろの垣根《かきね》の裏に、あの民俗学者の青年が潜んでいるではないか。

「まあ……あなたは、石野さん……」

「覚えてくださっていて光栄です。けれど、どうか、お声をお立てにならないで。僕はこうでもしないと、もうここへは入れてもらえないものですから」

さすがの萌も呆れてしまう。何度も屋敷へは来るなと拒絶されているはずなのに、こうまでして忍び込んでくる青年の執念には恐れ入るものがあったが、一体なぜここまでするのかわからなかった。

「どうしたのですか。また叱られてしまいますよ」

「あなたのお話を聞きたくて、こうして忍んで来たのです。少しお話をしていただけませんか。怪しまれるといけませんから、あなたはそこの岩へ少し腰掛けて休む格好で」

必死の様子でこうまで頼み込まれると、萌は嫌とは言えない娘であった。頷いて、石野に言われるがままに岩へ腰を下ろし、手持ち無沙汰に手の中の撫子を弄ぶ。

「一体何のお話がしたいんです。学者さんのおためになるようなことは、私は何も……」

「いいえ、あなたはこの家の血を引く娘さんであると聞きました。僕は様々な民間信仰を研究してきましたが、この村ほど変わったものはない。戦地でこの村のことを語った友人は、今ではそれを恥じて僕に何も教えてくれなくなりました。けれど、僕には見当がついています。すべての秘密は、このお屋敷にあるのだと。桐生家という旧家に、ただならぬ秘密があるのだと」

相変わらずぼさぼさの頭に薮《やぶ》を抜けた後の葉をいくつも載せて、眼鏡のつるをしきりに動かしている石野は、少年のようにきらきらと輝くような目をして萌を見つめている。萌は恥ずかしくなって俯き、小さく頭を振った。

「申し訳ないんですけれど、私は昨日ここへ初めて来たんです。だから、何も知らなくて」

「何でもいいんです。何か聞きませんでしたか。この村に染まっていないあなたからしか、僕は話を聞けないのです。この村の連中はひどく口が堅い。田舎の村などどこもそうではありますが……」

「何でも、と言っても……」

萌のこの村の知識と言えば、ここへ来る途中にバスの中で老婆から聞いた話と、藤子から聞いた当主宗一の話、そして松子に聞いた母の役割のことくらいである。

けれどさすがに自分の母のことを語るのは躊躇《ためら》われて、萌はその他のことを少しずつ口にした。

「ふうん、なるほど……桐生家の当主は滅多に他の者に顔を見せないんですね……使用人の者たちにさえ……それも妙な風習だなあ」

「多分、ご友人のお話をたくさん聞いたあなたの方がご存知です。私が知っているのは、今お話ししたことだけ……」

「いえ、十分ですよ。ありがとう」

石野はにっこりと愛嬌のある笑みを浮かべる。

「それにしても、あなたにばかり話を聞いて僕のことは何も話していませんでしたね」

「あ……、だって石野さん、いつだって突然で」

「ははは、確かに。ああ、こんな大きな声で笑っていたら気づかれてつまみ出されてしまうな。恐ろしや恐ろしや」

石野は思い切り笑った後、慌てたように首を竦めて声を潜める。

そんな様子がおかしくて、萌は思わずクスリと笑った。すると、石野は南方焼けした頬を少し赤らめる。

「お嬢さんに呆れられてしまったな。まあ、僕なんぞ民俗学者などと言っても本当に大した者じゃないんです。郷里を出て東京の大学へ通って、その後は召集されてのお決まりの日本男児で……実はね、大学へ通っている時分には、民俗学なんてものにはそんなに執着しちゃいなかった。僕は地元があんまり居心地のいい場所じゃなくてね。東京の大学へ滑り込めりゃ、どこでもよかったんです。だが、部隊の中にこの黒頭村出身の男がいてね。話を聞くうちに、僕のどこに隠れていたものか、民俗学者としての血がむらむらと込み上げてきて、復員してすぐに色々準備を整えて、単身ここへ飛んで来たという次第なんですよ」

石野は声を潜めながらも、ぺらぺらとよく喋った。萌は無口な質《たち》なので、こうして一方的に捲し立ててくれる人の方が気安いこともあり、うんうんと小さく相づちをうって大人しく聞いている。

「僕の地元も岡山なんです。部隊では岡山出身の人間は僕とこの村の友人しかいなかった。だから僕らは意気投合したというわけなんですが、僕が民俗学をやっているのを聞いたら、彼はそのときは面白がってこの村のことを聞かせてくれたんですよ。鬼の神様を祀っていること、神隠しがあること……僕は大層興奮しました。僕の郷里は岡山市にあるんですが、近くにコウベ村というのがありましてね。コウベは首と書くんですよ。由来は温羅《うら》という鬼神が首を刎ねられた場所ということでね、これを倒したのは吉備津彦命《きびつひこのみこと》という者で……これは桃太郎の元になったと言われている伝承です。そこでね、僕は思い出したんですよ。民俗学をやろうと思ったのは、僕の郷里が鬼と深い縁のある土地だったからだとね」

「石野さんも……岡山の方だったのですね。首村……なんだかこの村の名前と少し似ています」

萌が意外に思って呟くと、そうですそうです、と石野はニコニコして頷いた。

「吉備津彦神社というところの境内に温羅も祀られているし、この話は有名です。けれど、僕は黒頭村のことは知らなかった。しかも鬼を祀っていて神隠しの頻繁に起こる村ですよ。これが外に漏れていないというのは、よほど閉鎖的な村です。友人の話を聞いていてもその通りでね。そして、御神体はこのお屋敷にあると言う。けれど、見たところそれらしきお社もありません。これはおかしいですよ。しかも当主はまったく外の者に顔を見せない。謎に満ちています」

「あの……石野さん、ちょっと聞きたいことがあるのだけれど……」

萌は少し躊躇いながらも口を挟む。

「鬼を祀るというのは、珍しいことではないの？　その温羅という鬼を祀っているというのも、特別なことではなくて……？」

萌にとって「鬼」という言葉は恐ろしいものだった。けれど、それを祀るのが珍しくないというのであれば、こんなにも怯えることはないのかもしれない。

「ええ。鬼を祀るということ自体は、さほど知られてはいませんが不思議ではありません。そもそも神道における神は荒魂《あらみたま》、和魂《にきたま》という二つの側面を持っていて、荒魂はそれこそ鬼のように天変地異を起こしたり疫病《えきびょう》を流行らせ人の命を奪う恐ろしいものです。和魂は天の恵みを施す方で、皆様が普段神頼みというのは和魂の側面でしょう。しかし、元々どちらも神の顔なのです。恐ろしいものだからこそ祀って鎮め神として崇《あが》めるのでしょうね」

散々喋り散らした石野は、はたと周囲に目をやった。演説が興に乗り過ぎたのを自覚して照れ笑いをしている。

「ああ、ちょっと長居し過ぎたかな……そろそろ僕は行きます。まだこの村に滞在していると思うので、また何かわかったらぜひ教えてください」

「ええ……」

「ありがとう、萌さん。あなたは美しいだけでなく、とても優しい人だ。また今度会えるのを楽しみにしています」

そう言うと、石野は忍者のようにごそごそと影から影へ移動しながら、屋敷から遠のいて行く。

（本当、嵐のような人）

突然現れ、突然去ってゆく。これまで研究者という人種と話を交わしたことはない萌だったが、あんなに楽しそうに喋っているのを見ると、それがよほど好きで勉強しているのだろうなと、微笑ましい思いがした。それに、喋っているときの石野は子供のように目を輝かせて、なんだか可愛らしく見える。これまでに会ったことのない種類の男性だ。萌は、石野という青年を好ましく思った。

それにしても、石野によれば、鬼を祀ることはさほど奇異なことではないらしい。この黒頭村が特別禍々《まがまが》しく、恐ろしい場所ではないと教えてもらったようで、少しほっとした。けれど、やはりこの家が奇妙であることには変わりない。

萌は撫子を手にしながら、庭園の中をあてどもなく歩いた。土塀の外から見てもわかってはいたが、やはりこの屋敷の敷地は途方もなく広い。紅殻塗りの屋敷とこの庭園だけでも千坪はあろうかという広さだし、周囲の森の敷地を含めれば倍以上になるのだろう。

（あら？　あんなところに、鳥居が……）

萌は庭園の奥に妙なものを見つけた。赤い鳥居が立っているのだが、その奥には何も祀られている気配がない。ただ何もない平らな敷地が続いているだけなのである。

（石野さんはお社らしきものが何もないと言っていたけれど、ここがそうじゃないのかしら……？）

萌は不思議に思い、鳥居に近づいてみる。赤い塗装も剝げかけて、所々に虫が食った痕《あと》があり、だいぶ朽《く》ちている様子だ。

その奥には本当に何もないのかと、萌は鳥居をくぐって進んでみた。けれどやはり、そこにはただ叢《くさむら》が広がるだけ。すぐそこに土塀があり、奥にはもえるような緑の森がしずもっている。他には、何もなさそうだ。もしくは、以前は何かがここに建っていたのだろうか？

そう思った刹那《せつな》、萌の視界が突然黒く染まった。

（えっ……!?）

——黒く染まった。そう思ったのは突如として空が黒い雲に覆われたためだった。

激しい雷鳴が鳴り響き、天を割るような鋭い稲光が豪《ごう》と走る。今にも泣き出しそうな鈍《にび》色の雲が、地上のすべてを陰らせていた。

（雨が降る……！　お屋敷に戻らなくっちゃ）

そう思いきびすを返そうとして、萌は愕然《がくぜん》とした。

背後にあったはずの鳥居も、紅殻塗りの屋敷も、何もかもなくなっているのである。

その代わりに、まるで平安時代にあるような寝殿造りの建物が突如現れ、そしてその奥で何やら怪しい祈禱《きとう》が行われている。

その光景に、萌は頭から水を浴びせられたように凍え、呆然と立ち尽くした。

（ここ……一体どこなの……）

萌は確かにただ庭園を散歩していただけだ。そして、鳥居をくぐってみた直後、こんな景色が広がってしまい、ただただ唖然とするより他なく、口もきけずに目の前の、まるで芝居のような情景を見つめている。

「すると、予《よ》の妹を喰いし者は、その山に棲む人喰い鬼のだと言うのじゃな？」

「左様でございます」

御簾《みす》越しに、貴人らしき男がくぐもった細い声で呻《うめ》いている。辺りにはむっとするような香の匂いが立ちこめ、時折激しい稲光に白く照らされる白粉《おしろい》を塗り込めた貴人の面は能面のようである。

対するのは榊《さかき》を持った白い狩衣《かりぎぬ》姿の、まるで狐のような顔をした男。燈台《とうだい》の灯火の揺らめく度、男の影はすわもののけかと思うほどの奇怪な大きさで床を黒々と染めるのだ。

「古来鬼とは山に潜むもの。大江山の酒呑童子《しゅてんどうじ》、鈴鹿山の阿黒王《あぐろおう》と、山に棲《す》む鬼どもが人里へ降りて悪行の限りを尽くし、跳梁跋扈《ちょうりょうばっこ》するはこの世の悲劇。近年蔓延《まんえん》しておりまする疫病も、彼奴《きゃつ》らが川へ毒を流し人々を害したものと思われまする」

「なんと。この疫病までもが鬼のしわざと」

「左様でございます」

稲光がカッと白く光る。御簾の影で貴人はひっと哀れな声を上げる。

「ご命令あらばすぐにでも、わたくしめが腕に覚えのある我が一族の者たちを従え山に分け入り、必ずやその鬼の里を討ち滅ぼしてご覧に入れましょう」

貴人は腰を抜かしたように後ずさりながら、忙しなく扇を振って男に命じる。

「頼む、頼む。予の妹の仇を討っておくれ。その者どもを根絶やしにしておくれ。一人残らず亡きものにし、二度と蘇らぬように、余すところなく火を放っておくれ」

「承知いたしました」

狐のような男は恭しく頭を下げる。その唇はまるで紅を塗ったように赤くつり上がる。

「穢らわしき鬼どもの里をすべて焼き払ってみせましょう。人の世に鬼は不要。必ず我らの勝利となりましょう……」

暗雲たれ込める天の下での怪しい密議の後、ふうっと萌は力が抜け、その場に崩れ落ちる。

(今のは、何……？　私、何を見ていたの……？)

ひどく体が気怠く、萌は地面に臥《ふ》したまま起き上がることができない。このまま地中に埋没してしまいそうなほどの倦怠感《けんたい》に、萌は今にも意識を失いそうになる。

――――萌。

頭蓋《ずがい》に直接響くような声が響き、萌ははっと目を見開いた。

（宗一、さま……？）

見渡せば、そこには先ほどまで歩いていた庭園と変わりのない、美しい景色が広がっている。萌は何が起きたのかわからず、その場を動けずにいた。

「おい。聞こえているのか」

近い距離から声がして、すぐ側に宗一がいたのだと気づき、萌はさっと冷や汗をかいた。宗一は片膝をついて、叢に横たわる萌を不機嫌な様子でじっと見下ろしている。

「あ……私……」

「お前、なぜここで寝ている」

「寝ていたわけじゃ……いえ、そうかもしれないんですけれど……」

要領を得ない萌の反応に、宗一は美しい眉をひそめ怪訝な顔をする。

「お前……この脚の傷はどうした」

「え、傷？」

宗一に訊ねられて、初めて萌は右のふくらはぎに薄く血を滲ませていることに気がついた。まるで猫にでも引っ掻かれたような直線の傷痕である。

見れば、傍らに萌の腰くらいまでの背丈の、白い薔薇《ばら》の木が伸びていた。

「あ……転んだときに、多分その薔薇の木で……」

「薔薇……」

宗一は薔薇の木を眺め、すうっと表情を消した。

その氷のように青ざめた顔つきには覚えがあった。村人を蹴り飛ばした時と同じだ。なぐられるのでは、と萌が息を呑んだ瞬間、あろうことか、宗一はその美しい薔薇の木を摑み、結構な太さがある立派な木だというのに、それを力任せにへし折ってしまったのだ。

袖から覗く腕の膨れた筋肉。そのもの凄い膂力《りょりょく》に萌は唖然として、目を丸くしたまま、ただ座り込んで宗一の奇行を眺めている。宗一は折っただけでは飽き足らないというように、その薔薇の枝を刺《とげ》も構わずに素手で摑んで引き抜き、落ちた木を踏みにじり、花を押しつぶし、まるで何かの発作のように無言で薔薇を攻撃し続ける。

「そ、宗一さ……」

ようやくのことで声を出すと、宗一ははたと夢から覚めたような顔で萌を見た。そのとき、萌の体を電流のような戦慄《せんりつ》が貫く。

(えっ……？)

光の加減だろうか。一瞬、振り向いた宗一の両目が、赤く光って見えたのだ。

けれど、それはほんの刹那だ。宗一の目は普段と何も変わりない。

「どうした……」

「あ……いいえ……」

(見間違いだわ……いくら何でも、宗一さまの目が赤いはずがないもの)

先ほどの妖しい夢の影響で、きっとまだ頭が正常に働いていないのに違いない。

萌は頭を振った。それにしても、宗一のこの突然の行動はどうしたことだろう。薔薇がそんなにも嫌いなのだろうか。

（だけど、植物相手に怒るだなんてこと……）

宗一は、昨日村人が桐生家の敷地内に入っただけで烈火の如く怒っていた。きっと逆上しやすい質なのだ。そう思う他なかった。

（やっぱり、この人は怖い……二年前まで戦地にいたとはいえお屋敷に引きこもっているだけのはずなのに、どうしてあんなに異常な力があるの……？）

「おい、何を呆けている」

宗一の苛ついたような様子に、萌ははっとして顔を上げた。

「とっとと立て。みっともない」

「は、はい、すみませんっ……」

また逆上されたら恐ろしいことになる。萌は慌てて起き上がろうとするけれど、どういうわけか上手く動けない。

（どうしよう……）

宗一はぎこちない動きをする萌を眺めて、ため息をついた。

「まったく、厄介な」

萌が何かを言う前に、宗一はいとも容易く、萌の肩を抱き、膝の裏に手を入れて抱え上げた。

「きゃ……」

突然のことに仰天して、萌は思わずその太い首元にしがみついた。背の高い宗一に抱き上げられて、あまりにも高くなった視界に怖くなったのだ。辺りを見回せば、そこにはこれまでと変わらずに広い庭園があり、錦鯉の泳ぐ池があり、紅殻塗りの大きなお屋敷があった。先ほど見たあの光景は跡形もない。萌は呆然とした。

「暴れるなよ」

ふっと萌の耳元で笑う気配がする。たちどころに頬に血が集まり、萌はまた目を赤くしてしまわないかと、二重の意味で狼狽えた。

宗一は萌を抱き上げたまま、悠々と庭園を横切って行く。次第に萌は高い視線に慣れ、そして宗一の体温がとても熱いことに気がついた。ぷうんと麝香の香りが漂う。萌は秘《ひそ》かに悩ましく吐息し、肌を火照らせた。

(宗一さま……私が立てないから、抱き上げてくださったのね……)

萌はまだ、宗一のことをまったく知らない。ただ、桐生家の当主であることと、どうやら酒浸りであることくらいしか聞かされていないのだ。

冷然とした態度でしか接せられていないためか、思いがけない宗一の優しさは萌にとってひどく嬉しいものだった。しかしそれだけに、先ほどあれだけ薔薇を痛めつけていた、あの凶暴な行動や、村人を蹴りつけたことが奇異なものに思えた。なぜ、宗一はあんなにも怒っていたのだろうか？

「あの貧相な男は、誰だ」

「え……」

「さっきお前が庭で話していた男だ」

萌はさっと顔を青ざめさせた。

（宗一さま……石野さんと私が喋っていたのを、見ていたの……？）

もしかすると、萌が引き入れたと誤解をされているのだろうか。勝手に屋敷の敷地内へ入った村人に激怒していた宗一だ。もしもそう思われていたとしたら、ひどく叱られるだろう。

「随分と楽しそうに喋っていたな。あいつが気に入ったのか？」

「あ……あの……」

「お前もあんな顔で笑うんだな」

萌の心臓が大きく跳ねる。

「今度この庭であいつを見たら、ぶちのめしてやろうか」

憎しみの滴るような声だ。口元には凶悪な笑みが浮かんでいる。

萌を抱える腕に一瞬恐ろしいほどの力が籠った。萌は色を失って、息も絶え絶えに宗一に抱かれている。

宗一は、この屋敷を徘徊する獣だ。身内以外が敷地内に入るとすぐさま飛んでいき噛み付く獣。けれど宗一は、萌と喋る石野を見ても、すぐには飛びかかっていかなかった。ただ、石野と喋る萌の表情を、ずっと見ていたのだ。

(一体、どうして?)

萌は奇妙な動悸《どうき》を鎮めようと躍起《やっき》になった。宗一は、萌が何かをしでかすのではないかと、監視しているのだろうか。萌が、何かを探っているように見えているのだろうか。萌は様々なことを想像するけれど、宗一の真意はまったくわからない。ただひたすら、見張られているという気がしてゾッとする。

何も答えられない萌をどう思ったのか、やがて宗一はふっとため息を落とす。

「汚い野良犬同士でお似合いなことだが……この屋敷で妙なことをしでかすな……いいな」

「は、はい……ごめんなさい……」

先ほどとは打って変わって、どこか悄気《しょげ》たような声だった。萌は安堵したが、どこか自嘲《じちょう》のような昏い響きを持っていたことがふと気になってしまう。

激情家なのかと思えば、萌に対しては冷たかったり優しかったりと、それぞれの宗一はまるで別人のようだ。どこか一貫していない印象を受ける。

(まるで、石野さんの話していた、荒魂と和魂みたい)

そうすると、宗一は神様なのだろうか――そんな風に考える自分がおかしくて、萌は少し頭を振った。あの白昼夢から、妙に浮ついたような感覚が体のそこかしこに沈殿している。もしかすると、この優しい宗一も萌の夢なのだろうか。

「それと……あの辺りには近寄るんじゃない」

ぼそりと、宗一が低い声で囁いた。

「お前が倒れていた、あの場所だ」

ふいに、視界が下がる。気がつけば、萌は母屋の濡れ縁に下ろされて、大股で去って行く宗一の背中を見つめていた。

(近寄るなって……どういうことなんだろう)

宗一は、あそこに何があるのか、知っているのだろうか。

濡れ縁に腰掛けていると、再び気怠さが襲ってくる。眠るようにその場に崩れ落ちると、思いのほか大きな音がした。

「萌さま!」

慌てて駆け寄る足音が聞こえ、顔を上げれば、智子が真っ青な顔で萌の背を支えている。

「いかがしんさりました!　気分でも悪うおなりんさりましたか」

「いえ、違うんです……ただ、ちょっと目眩《めまい》が……」

萌が掠れた声で答えると、智子は少しだけ安心したようだ。

「ああ、ひやっとしましたわあ。萌さまに何かあったら、私はご隠居さまに顔向けできゃあしませんからなあ」

さあ、お部屋へ戻りましょう、と萌を抱き上げようとして、智子は素《す》っ頓狂《とんきょう》な声を上げた。

「あれえ、萌さま、でれえ熱ですらあ！」

「え……？　本当ですか……」

「こりゃあ、休まにゃあおえんですわ。お疲れがお出んさったのかもしれませんねえ」

「あ、でも、私、藤子さまとお約束が」

「私が言うときますけん、萌さまはどうぞ休んでつかあさい」

萌は智子に担がれるようにして部屋へと戻った。替えの浴衣を着せられて、再びのべた布団に横たわりながら、萌はぼんやりと先ほどの白昼夢のことを考えている。

（一体……どうしてしまったのかしら、私……。夢にしては、あんなにはっきりとした映像を見るだなんて……）

何やら、鬼を退治すると言っていた。娘を喰ったのも、疫病を流行らせたのも、その鬼であると決めつけて。

なぜ、「決めつける」などと思ったのかわからない。ただ、萌にはその男たちの会話があまりにも曖昧模糊《あいまいもこ》として、確たる証拠もなしに鬼を全滅させようとしているように思えたからだ。

(大昔は、病気も祈禱などで治そうとしていたと言うし……私、ああいう話を何かで見たのかもしれないわ)

それで、その記憶がひょっこりと出てきたのかもしれない。思えば、あの貴人に相対していた男の狐のような面相は、昔読んだ陰陽師の話の挿絵によく似ていた。そんな風に自分を納得させてみようとするけれど、やはりあの夢はあまりにも鮮やかで、五感に生々しく訴えるものがある。到底、ただの夢幻とは思えなかった。

しかも、『鬼』の話なのである。

(また、鬼……)

この村へ来てからというものの、なぜか鬼という言葉が気になって仕方がない。けれど萌がその原因を解明できるわけでもなく、考え過ぎても熱は上がるばかりだと、諦めて大人しく眠ることにした。

しかし、その後に萌が見たのは、あの白昼夢の続きであった。

山間の村を焼く赤い炎。立ち上る黒煙。逃げ惑う人々。刀を持ち、やたらめったらに老若男女の別なく斬り捨てる武士たち――。

萌はその光景に慄然《りつぜん》とした。

(どうして……? 殺すのは鬼と言っていたのに。どうして、あの人たちは普通の村人たちを殺しているの?)

泣き喚き必死で走る村人たちは、見るからに貧しく、誰も彼もが枯れ木のように痩《や》せていた。乳飲み子を抱えた母親も、老いさらばえた老人も、皆同じように粗末な着物を着て、煤《すす》けた顔に涙を流し、死に物狂いで逃げ惑い、あるいは命乞いをして這いつくばっている。彼らがどうして、鬼であるというのだろう。萌には、彼らをすさまじい形相で追い回し、容赦なく斬り殺して行く武士たちの方が、よほど鬼に見えた。

閃く白刃に映りこむ踊る炎。黒々と上がる煙に混じる凄惨な血しぶき。村人たちの悲鳴、絶叫を押しつぶすように、武士たちの怒号《どごう》と哄笑《こうしょう》が響き渡る。そこはまさに地獄だった。人が無抵抗の人間を虫けらのごとく駆逐して行く、酸鼻《さんび》を極める光景だった。

阿鼻叫喚《あびきょうかん》の凶行の後、やがて、村は紅蓮《ぐれん》の炎に呑み込まれる。それを眺めながら、武士の頭領《とうりょう》と見られる男は、誇らしげに螺鈿《らでん》作りの豪奢な刀を掲げ、勝ち鬨《どき》を上げるのだ――。

そしてまた、ふいに風景が変わった。

嵐のような風に火を吹き消されたかと思えば、今度は妙にぼやけたような、白黒の座敷が映っている。

（あ……あれは、宗一、さま……？）

部屋の中央には、宗一が気怠気《けだるげ》に籐椅子に腰掛けていた。その顔は見るからに憔悴して、目の下には黒々とした隈《くま》が浮き、頬も痩《こ》けて、落ち窪《くぼ》んだ眼球ばかりがギラギラと光って、まるで病人のようだ。

——もう一月も、…っておらんじゃろう。そろそろ我慢もできんじゃろうが。

松子の声だろうか。呆れたように宗一を窘《たしな》めている様子だ。

——強情張んな。お前の体はもう限界のはずじゃ。

宗一の足下には、何かが転がっている。それを認めた瞬間、萌は仰天した。

人だ。恐らく、若い娘。

素っ裸で、床に倒れ伏している。ぴくりとも動かないのは、寝ているからだろうか。それとも……。

——さあ。とっとと、これを…え。お前は、そうせんと正気を保てん。さあ……。

ハッと目を覚ましたとき、萌の体はひどく強張って引き攣り、ぐっしょりと冷たい汗に濡れていた。

（また……夢……？）

現実に戻ったとわかり、ぐったりと全身の力が抜ける。

（私……おかしな夢を見てばかり……）

深く息を吸い、大きく吐き出す。鼓動が治まるのを待って、萌はのろのろと起き上がった。いくら想像力豊かだとは言え、こんなにも具体的な夢は見たことがない。

恐ろしい殺戮《さつりく》の夢。そして、病み衰えたような宗一と——その足下にあった、娘の体。鮮明でない映像だったにもかかわらず、萌はなぜか察している。あれは——死体だった。

あれを、松子は宗一に、どうしろと言っていたのだろうか。肝心なところが聞き取れなかったが、だが、死体を前にしてすることなど恐ろしいことに決まっている。

（怖い……！　どうして、こんな夢ばかり……！）

萌は息苦しさに顔を覆う。夢の生々しさが萌を恐怖で蝕んでゆく。

こんな悪夢ばかりを見るせいで、萌の心のよりどころである「兄さま」とまったく会えないでいることが、ひどく辛かった。ただでさえ、慣れない土地で緊張して疲れているのに。こんなときこそ、兄さまに会いたかったのに。憎まれ口でもいい、忠告に背いてしまった萌への叱責でもいい、何でもいいから、兄さまの声が聞きたかった。

「起きられましたか、萌さま」

すっと襖を開けて入ってきた智子は、手に桶を抱えて、その中の冷たい水で布巾《ふきん》を固く絞った。それで萌の額を拭きながら、気遣わしげに顔を覗き込む。

「まあまあ、ひどい汗。浴衣を替えた方がええですね。じゃけど、熱は引いたようですわなあ」

「私……どのくらい、眠っていたのでしょうか」

「もう夕方に近うなりましたけん、お腹もお空きんなられたじゃろう思うて。お粥《かゆ》でもお上がりんさりますか」

「もう、そんなに……」

半日ほど、萌は眠ってしまったのだ。よほど長旅に疲れていたのか、それともおかしな夢を立て続けに見たせいなのか。長く寝たためにさすがに空腹を覚え、智子に浴衣を替えてもらった後、粥を持ってきてもらうことにする。

粥と言ってもやはり立派なもので、鰹出汁《かつおだし》のよい香りと卵や山菜が優しく風味を添え、他に香の物の小鉢、川魚を塩焼きにしたもの、喉越しのよい豆汁と、栄養をとるには十分な内容だった。

それを食べ終えると、ここへ来るときにも見た桃畑でとれたという水蜜桃を、智子がその場で剝いてくれる。よく冷えた甘い果肉を萌はたっぷりと味わった。ねっとりと舌に絡む味わいがとても濃厚で、いくつでも食べられてしまいそうだ。

「とっても美味しい……」

「そうでしょう。なんせ熱が高うおなりんさってましたけん、冷たいもんが喉に気持ちええと思いますんよ」

「ええ。それに、こんなに甘い桃は食べたことがありません」

「ここらの水蜜桃は、甘いことで有名ですけんなあ」

智子は嬉しそうに桃を頬張る萌の横顔を眺めている。

「藤子さまも、まだ萌さまの眠っている最中にお見舞いにおいでんさったんですよ」

「え、藤子さまが？」

「ええ。今はお供の方と別のお座敷でお食事をお上がりんさっておりますけえ、萌さまが起きんなられたこと、お伝えしましょうか？」

「いいえ、大丈夫です。落ち着いたら、こちらから参りますから」

藤子が来ていたことを知って、萌は寝乱れているのを見られたのかと頬の熱くなるような思いがした。本当は、今日村を案内してくれるはずだったので、藤子もきっと予定が狂ってしまっただろう。せっかく親切にしてくれているのに悪いことをしてしまった。

智子が「また何か用がおありんさったらお呼びくだせえ」と言って座敷を出て行くと、萌はお茶を口にしながら、またぼんやりと夢について考えてしまう。まるで目の前で実際に起きたかのような、あの生々しい光景。今でも容易に頭に蘇る血しぶきと悲鳴の惨劇に、宗一の病的な表情に、萌は発作的に頭を振った。

（そうだわ。藤子さまに会いに行こう。せっかくいらしてくださったのだから……）

萌は布団から起き上がり、身繕いをした。浴衣のままでは失礼かもしれないが、少しでも顔を出さないわけにはいかない。

ふらりと自分の部屋を出て、教えられた座敷へ向かう。日が陰ってきて薄暗くなった庭ではひぐらしの物悲しい声が響いている。まだふらつく足でゆっくりと廊下を進んでゆくと、突き当たりの部屋の襖が少し開いて、中から光が漏れている。そこから何やら小さく笑うような声がするので、萌はそこが藤子のいる座敷だと見当をつけた。

けれど、声をかける寸前、その細い隙間から見えた光景に、萌は息を呑んで立ち尽くした。

そこにいたのは、確かに藤子である。そして、昨日藤子を迎えにきていた、次郎と呼ばれていた男だ。

萌が驚いたのは、藤子が次郎のあぐらをかいた膝の上に座っていることだった。そしてあろうことか、藤子のブラウスのボタンが外され、こぼれ出た真っ白な乳房の紅梅色の先端へ、下着をのけて男が吸いついているのである。

（え……？　藤子さまは、確かご結婚なさっていると聞いたのに……）

男の巨木のようにごつごつとして太い手はもう一方の藤子の豊かな乳房を荒々しく揉《も》み、そしてもう片方の手はスカートの下へ潜り込んで、腕の筋肉を生き物のように蠢《うごめ》かせ、下腹部をくちゅくちゅと音をさせていじっている。

藤子は頬を上気させてクスクスと笑いながら、焼け付くような赤い唇を舐め、男の勃然とした恐ろしいほどの一物を白い指先で弄び、男が切なげに呻くのを楽しそうに眺めているのである。

萌はただ、呆然として絡まる二人を見つめている。盛夏の蒸し暑い空気に肌は汗ばみ、眼球は乾いて、我知らず浅ましく息が乱れる。

(藤子さま……あ……どうして……)

戸惑う萌をよそに、いよいよ二人の息遣いが荒くなり、水音は露骨に大きくなり、今にも交合せんとばかりに畳の上へ重なり合った、そのとき。

萌は飛び上がった。背後を振り向けば、いつの間に背後へ忍び寄っていたのか、そこには松子が地蔵のように静かに立っている。萌は胸元をじっとりと汗ばむ手で掴み、落ち着きなく肩を上下させた。

「見てはおえん」

「見んかったことにせえ。さ、こっちゃ来んさい」

萌は、松子に操られるように頷き、大人しくついていく。覗き見をしていたのを咎められていたように思い、消え入るような思いで、元いた座敷に戻る。明るい部屋で見る松子は、今日はもう紋付の姿ではなく、涼しげなあさぎ色の絽《ろ》の着物を着て、黒に近い群青色の帯を締めている。

「ほれ、病み上がりじゃ。横になるとええ」

「ええ……ありがとうございます」

萌は動揺を隠すようによたよたと布団の上へ腰を下ろし、横になるよう言われたがさすがに背を正して、浴衣の乱れた衣紋をつくろって松子と向かい合った。

「もう、具合はええんかの」

「はい、おかげ様で……伺って早々、ご迷惑をおかけして、申し訳ありません」

座り直して頭を下げようとすると、ええ、ええと松子は小さな手でそれを押しとどめる。

「まあ、けったいなもんを見せてしもうたのう」

「い、いえ……私の方こそ、はしたなくて……」

「いや、もう仕方のないことなんじゃ。この家には、藤子もそうじゃが、色欲にちっと問題のあるもんが生まれることが多くての」

萌は、今しがた見た不倫の光景を思い起こし、ぼっと頬を赤らめる。

「まあ、ありゃあ旦那にも原因があるがの。私らは、見て見ぬふりをしとる。あれにゃあ、あの作男《さくおとこ》のような精の強い男が必要なんじゃ」

萌はただただ、こっくりと頷いた。この屋敷のみだらな、狂おしいような気配は、萌の錯覚ではなかったらしい。そして、その淫猥な血は萌の肉体にも流れているのだ。

美しい藤子の白い豊満な体を愛撫していた、あの黒く醜い男。その対比はひどくいやらしく、鮮やかに、まざまざと萌の脳裏に焼き付いている。

松子はおもむろに、どこか探るような目で萌の顔を見つめながら、内緒話をするようにちょっと顔を近づけた。

「ところで、萌や。お前さんは、庭の奥で倒れとったゆう話じゃが……」

宗一に話を聞いたのだろうか。松子は萌がどこにいたかを知っていた。

「何か恐《きょう》といもんでも見たんかね？」

萌はどきりとして目を見開く。なぜ、松子は具合が悪くなった萌が、「何か怖いものを見た」と思ったのだろうか。松子はただ不思議そうなキョトンとした顔で、萌をじっと見つめている。萌は松子の意図がわからずに、どぎまぎとしてこめかみに張りついた髪の毛を後ろへ撫でつけた。

「いいえ、そのう……少し、目眩がしたもので」

「なんか、見たんじゃなかったんか」

「いいえ……」

萌が辛うじて頭を振ると、松子はにこにこと笑って頷いた。

「そうか、そうか……疲れとったんじゃろうなあ。無理もねえ」

何か、別の答えを期待していたのだろうか。けれど、萌の見たあのままの不可思議な光景を口にしたとしても、到底信じてはもらえないだろう。それどころか、頭のおかしい娘と思われてしまうかもしれない。それでも、萌はあの鳥居のことが気にかかっていた。

「あのう、おばあさま」

「何じゃ？」

「お庭の奥にある赤い鳥居、あれはあそこにずっとあったものなんでしょうか」

「赤い鳥居……？」

松子は目をしょぼしょぼとさせて、はて、と考えるように首を傾げる。

「そねえなもん、うちの庭にゃあないぞな」

「えっ……」

萌が目を丸くすると、松子は窄《すぼ》めた口を袖で隠し、ほっほっと笑った。

「なんか、夢でも見たんじゃねえかのう。どこもかしこも赤い家じゃけえ、何か見間違えたんじゃろ」

＊＊＊

一体、どういうことなのだろう。

松子が去り、一人布団に横になった後、萌はじっと天井を見つめたまま寝付かれずにいた。松子は庭には赤い鳥居などないと言う。石野も、それらしきお社は屋敷の敷地内のどこにもないと言っていた。けれど、萌にはそれがはっきりと見えていたのだ。あれだけは、絶対に幻ではないと言い切れる——そのはずだったのに。

(どうして私……ここへ来てから、おかしなものばかりを見ているの?)

昨夜のみだらな夢。そして今朝の白昼夢。熱にうなされながら見た、酸鼻を極める地獄絵図。宗一の前に置かれた娘の裸身——。

どれも、現実にはあり得ないような、夢でしかない内容だのに、まるで本物の出来事のように真に迫っているのだ。

(もういや……怖い……もう帰りたい……)

宗一に言われるまでもなく、萌はすでにここを離れたい気持ちになっている。この屋敷へ来てから、萌の身にはおかしなことばかり起きているのだ。

(でも、帰るって、どこへ? 横浜のホテルへ?)

確かに、あそこならまた萌を受け入れてくれるだろう。萌をいじめるひどい人たちはもういない。妙に絡んでくる客さえいなければ、萌にとっては十分過ぎる環境なのだ。

(でも、私はまた、一人ぼっちになる……)

そのことを考えると、萌は再び迷い始める。萌はずっと孤独だった。その孤独から逃れたくて、ここへ来たのだ。家族は父しかいなかった萌にとって、血の繋がりというものはどこか神秘的な気配すら孕《はら》んだ憧憬《どうけい》の対象だった。だから、夢の中に出てくるあの少年を萌は「兄さま」と呼んだのである。赤い目の他に確かな繋がりのない存在である彼を、身近に感じたくて。

だから、ここへ来る前、宗一のことも「兄さま」と呼びたいと思っていた。それは萌にとって親しみを込めた年上の男性への最上級の呼び名なのだ。まだ宗一の顔も見ていない頃、若い当主がいると聞いて、その人を兄さまと呼んで可愛がってもらう想像までしていた萌は、思わぬ宗一の冷遇にひどく悄気たものだった。「今まで大変だったね」「ここを自分の家だと思って好きなだけいるといい」「お前はもう桐生家の娘なのだから」そんな甘い言葉をかけ、萌を温かく迎えてくれると信じていた。

けれど、真実は萌の夢想ほど容易くはなかった。やはり、萌にとっての「兄さま」は一人きり。夢の中でしか会えない、あの少年しかいないのだ。

（それに、宗一さまをもう「兄さま」なんて呼べない……。あの人は、優しくて、怖い

……それに……）

立て続けに起きる不気味な夢や現象と相まって、宗一の言動は萌を震え上がらせる。それなのに、宗一が側へ来ると萌のみだらな血が騒ぎ出すのだ。その矛盾が、萌を一層狂おしい気持ちにさせる。自分は、こんな獣のような男に抱かれたがっているのか。一体なぜ。

（もういや、怖い……このままじゃ、私どうにかなってしまう）

どうしてこんなところへ来てしまったのだろう。萌は結局ここへ来たことを後悔している。あんなにも血の繋がりに憧れていたというのに、なぜこんな風になってしまったのか。自分はただ、愛されたかっただけだったのに。肉親という無条件に近しい人たちに囲まれて、歓びを感じたいだけだったのに。

そろそろ、考えることにも疲れてしまった。熱を出した萌は、ひどく体力を消耗していた。眠りたくない。眠ればまた、おかしな夢ばかりを見てしまう。そう思っているのに、いつの間にかなだれ込むように眠りの淵へ引きずり下ろされ、萌は再び、めくるめく万華《まんげ》鏡《きょう》のごとき夢の中に翻弄されてゆくのである。

＊＊＊

少女の白く細い腕が、蛇のように青年の首へ絡み付く。

二人はぴったりと口を吸い合いながら、折り重なるように畳に倒れる。

早く、早く、と急かす少女に、青年は気の進まない様子で囁きかける。

――なあ、やっぱり、こねえなところじゃ、おえんじゃろ。

――どうして？

――誰かに見つかってしまうけん。それに、なんか見られとる気ぃして、落ち着かん。

青年がそう言うのも、無理はなかった。何しろ、そこは萌が初めて松子と面会した、あの屋敷の奥の、桐生家の先祖たちの写真がずらりと連なる座敷なのである。

その中央で重なり合う二人を上からじっと見下ろすように、先祖たちの目は硝子の奥で冷たく光っている。それは、夕方の藤子と愛人の男の絡まる様をこっそりと覗き見していた萌自身の目と繋がった。ああ、この屋敷では、きっとどの部屋でも、同じようなことが行われ続けてきたのに違いない。

――大丈夫じゃ。誰も見とりゃあせんよ。家のもんは皆留守じゃけえ、心配せんでええんよ。

――しゃあけど……。

――兄さまは、ほんに意気地なしじゃな。

少女は大胆にも自分から青年を抱き寄せて、その帯を解いてしまう。青年も仕方ないと覚悟を決めたのか、少女の唐織の帯を器用に解き、着物の裾を暴いて、少女の白い肌をあらわにした。

少女が「兄さま」と呼んだからには、この二人は兄妹なのだろう。それにもかかわらず、二人は屋敷の中で、しかも先祖たちの見守る座敷で、恋人のように絡まり合っているのだ。それに、その手慣れた仕草からして、今回が初めてではないのだろう。

――兄さま、早う……。

——少しは我慢せえ……かわいいやつじゃ。

青年がつんと尖った少女の乳房の先端を口に含むと、あ、と甘い声が上がる。青年の手はみずみずしい少女の肌の上をくまなく這い回り、そして脚の狭間へ至る。くちゅり、と濡れた音とともに、少女は仰《あお》のいて体を健気に震わせる。桃割れの髪がいよいよ乱れ、少女の細い膝は時折ひくりと震えて喜悦を示す。

一体、この屋敷の中で、誰がこんなことを——。

顔を見ようとするけれど、暗がりの中で絡み合う二人の顔は、どうしても見えないのだ。それに、靄《もや》のかかったように淡い白と黒の世界であり、少女が何色の着物を着ているのかもわからない。ただ、兄さま、兄さま、と切なげに呼ぶ少女の声は蕩けるように甘く、微《び》醺《くん》を帯びているようにみだらである。

——兄さま、あの言葉、忘れとらんよなあ。

——もちろんじゃ。忘れるわきゃありゃせん。きっと、叶えちゃる。お前の望みは、すべて……。

——ああ、兄さま。嬉しい。嬉しい。きっと、きっとよ……。

二人はいよいよ感極まった様子で乱れに乱れてゆく。萌は、少女の悦楽も、歓びも、すべて手にとるようにわかった。奥座敷の秘戯図は次第に遠のき、萌はただその官能のほとばしりだけを体に感じている。乳白色の靄のようなものに包まれ、萌は何も見えなくなった。

　どれだけの時が経ったのだろうか。

　萌は目を覚ました。まだ辺りは黒々とした闇に包まれている。

（また……おかしな、夢を……）

　暗闇の中、萌はゆるりと起き上がり、呆然として虚空を見つめる。このまま眠れそうになかった。布団に入って目を閉じても、また奇妙な夢に悩まされるのだろうと思うと、むしろ眠る気になどなれない。

　少し気分を変えよう――そう思い立ち、萌は布団を抜け出て、廊下に出た。

　真夜中の屋敷の中は、使用人たちもすべて寝静まり、しんと夏の夜の静けさに沈み込んでいる。

（何か……聞こえる）

　ふいに、萌はおかしな音を聞いたような気がした。微かな、しかし間断なく続く、低い音。最初は虫の鳴き声かとも思ったが、何やら違うような気もする。

　萌は音の方へ向かって歩いた。すると、窓一枚を隔てた庭の方から、その音は聞こえてくる。

（音……じゃない。これは、人の呻き声……？）

　萌はさっと青ざめた。まさか、誰かが庭で倒れているのだろうか。

そう思うといてもたってもいられず、萌は窓を開き、昨日と同じくそこにあった下駄を突っかけて、闇の中をおぼつかない足取りで進んでいく。

萌の目が慣れてきたせいもあるのだろうが、庭は蒼白い月明かりに照らされて草木の輪郭もはっきりと見え、案外明るかった。

呻き声は、庭の奥から響いている。丁度、萌があの奇妙な白昼夢を見て倒れた辺りだ。近づいていくにつれて、その人影ははっきりと月明かりの下に浮かび上がっていく。

(あれは……宗一さま……?)

萌はハッとして足を止めた。

あの大柄な体格は、宗一だ。頭を掻き毟り、身を捩り立てて、頭上の月に向かって喉を震わせている。蒼白いその横顔に光るものを見つけて、萌の心臓は跳ねた。

(泣いている、の……?)

あの、宗一が。冷然とした態度で萌を見下し、ひどい言葉で罵倒し、凶暴に振る舞っていた、あの宗一が。萌はあまりの驚きに、凝然と宗一を見つめた。

「もう……いやだ……もう、許してくれ……」

涙に濡れた声で、宗一は呻く。大きな体を震わせながら、身悶えている。ほろほろと、とめどもなく涙を流し、濡れた顔を月に仰向けてむせび泣いている。

「助けて……助けて……」

(宗一さま……)

萌の胸が、突き刺されるような痛みを覚える。

宗一は、一体何に苦しんでいるというのだろう。何から逃れようとしているのだろう。

傲慢な宗一が月明かりの下で孤独に嘆いているのを見つめながら、萌は今までに感じたことのない感情を宗一に覚えた。

世にも悲痛な声だった。血を搾《しぼ》るような涙だった。

萌には宗一の苦悩はわからないけれど、思わず、宗一を支えたい、何かをしてあげたい、そんな衝動に突き動かされる。突然目撃してしまった当主の一面に狼狽えながらも、萌はひどく心を動かされていた。真夜中に一人で泣いているこの孤独な人を、どうにかして助けてあげたいと思ったのだ。

(泣かないで……)

萌は誘われるように、一歩近づく。

(一人で、そんなに苦しまないで、宗一さま……)

萌の足の下で、枯れた枝が乾いた音を立てた。宗一は驚いた様子で振り返り、そして萌を認めた。涙に濡れた瞳がきらめき、その表情は泣きじゃくる子供のように、一瞬、歪んだ。

「ひ……」

萌は細い糸のような悲鳴を上げる。宗一が声もなく、萌に襲いかかってきたからだ。熱い体に抱きすくめられ、渇いたものが水を欲するように、獣のような息で首筋にむしゃぶりつかれて、萌は動転して無我夢中で身を捩った。

「やめて……やめてっ……」

暴れる萌の鼻孔を、たちまち濃艶な麝香の香りがしっとりと包み込む。途端に、萌の脳髄は痺れ、甘い陶酔に肌が火照り、前後不覚に陥り始める。

「萌……萌……」

宗一は狂おしい声で萌を呼ぶ。その必死に萌を求める声に、萌の胸は再び搾られるように切なくなる。

(どうして……どうして、そんな声で私を呼ぶの……)

搔き毟るように萌を愛撫する指先。涙に濡れた頬を擦りつけられ、全身で縋り付かれて、萌はいつしか抵抗も忘れ、息も絶え絶えにされるがままになっている。

自分を拒絶し、ひどい言葉ばかりをぶつけてきた宗一の、この何もかもをかなぐり捨てたような振る舞いに、その熱気に、萌は呑み込まれていた。

こんな風に、必死で求められたことはなかった。体全体でぶつかってきて、萌のすべてが欲しいというように、激しく触れられたことはなかった。

触れられた肌が、燃えるように熱い。肌が擦れ合うほどに、溶けてしまうようだ。突如、

愛おしさが溢れ出し、萌は赤子のように胸元の皮膚を吸う宗一の頭を掻き抱いた。

（飢えている……この人は、ずっと飢えているんだ……）

荒々しく揉まれた乳房のしこった先端に吸いつかれ、萌は仰《あお》のいた。浴衣の隙間へ宗一の大きな手が入り、汗ばんだ肌を弄り、潤んだ花びらの合わせ目へ性急に指が沈んでいく。

鈍い痛みに、萌は呻いた。けれど抵抗できずにいる。太腿に着物越しに男の固い欲望が当たるのを感じて、怯えとともに憐《あわ》れみを催した。

宗一の悲しみが伝染したように、萌の目にも涙が光る。

この瞬間、萌は宗一に対する怯えも恐怖も忘れ、慰めたいと思った。慈しみたいと思った。それで、宗一の苦しみが少しでも紛れるのならば。

「そ、いち、さま……」

喘《あえ》ぐように宗一を呼ぶと、夢中で萌を求めまさぐっていた手が、止まった。萌がふと夢から覚めたようにその顔を覗き込もうとすると、宗一はやにわに体を起こし、萌を逞しい腕で包み込んだ。

「く……っ」

宗一は呻いた。萌は骨の軋《きし》むほどに強く抱き締められ、息を止める。

次の瞬間には、宗一は、まるで夜の闇に溶け込んでしまったかのように、消えている。

萌は目を疑うように、暗闇の中を見つめた。

「……宗一、さま……？」

萌はぼんやりと宗一を呼ぶ。けれど、もうそこには誰もいない。

（そんな、まさか。どうして）

夢だったのだろうか。しかし、この体にまざまざと残る熱い感触は消えていない。縋るように自分を見る瞳の光も。肌を吸う唇の柔らかさも。

あれは、本当に宗一だったのだろうか。しまいには、そんな疑問まで浮かんでくる。それほどに、正体のない、一瞬の、真夏の夜の夢のようなで出来事だった。

蒼白い光の滴る庭の中で、萌はいつまでも一人で佇んでいる。

耳に残る狂おしく自分の名を呼ぶ声を、いつまでも反芻しながら。

爛漫《らんまん》と咲き誇っていた花が風に吹かれてこぼれる。

美しいものはすぐに散る。白い花も腐って醜く黒ずみ、やがて土に還る。

だが、飢えには終わりがない。食っても食っても、腹が減る。土に還ることなどない。あるとすれば、気が遠くなるほど遠い未来に、終わりが来るだけだ。

幻視が起き始めている。世界がたわむ。ゆがむ。真っ赤な口を開けて、すべてを呑み込んでゆく。

ごぽごぽ。ごぽごぽ。ごぽごぽ。

頭の中が沸騰している。もうすぐあふれてしまう。

もういやだと何度も叫びながら、嘆いたその同じ口で、浅ましく食欲を訴えるのだ。

蕩けるようなあの快楽。馥郁《ふくいく》たる芳香。甘美な味わい。

もういやだ、いやだいやだ。欲しい、欲しい、欲しい。

空腹が満たされれば、狂気の淵まで追いやられていた精神はたちまち正常へ引き戻される。

ああ、そのまま狂ってしまえれば、どんなに幸福なことだろうか。けれど、正気に返るのだ。狂うことすら許されない。

いや、もしかすると、徐々に狂っているのかもしれない。だがそれに気づくことはないのだろう。長い年月の中で、腐蝕《ふしょく》が進んでゆくだけなのだから。

空腹だ。空腹だ。どうか俺を満たしてくれ。欲しい。欲しい。

だめだ、だめだ。巻き込むな。巻き込むな。ああ、欲しい、欲しい。

ごぽごぽ。ごぽごぽ。ごぽごぽ。

痙攣する。あふれてこぼれる。煮えたあぶくが弾けて飛ぶ。

いけない。もういけない。世界に亀裂が入る。空が蕩けておぞましい赤い皮膚をさらけ出す。破裂しそうに膨れた月がけたたましく嗤う。無様な、醜い俺を見て嗤っている。

この爛《ただ》れた魂が彷徨《さまよ》い出てあいつを貪り尽くす前に、腹を満たさねばならない。

腐った卓子《たくし》につき、世にも忌まわしい食事の時間を始めねばならない。

ああ、なぜ俺は生きているのだろう。生きていられるのだろう。

こんな俺を生かすものなど、何もかも消えてしまえばいいのに。滅び尽くしてしまえばいいのに。

だが、せめて、この飢えを満たすものに意味を見いだそう。

あいつを手に入れられない代わりに、俺はこの厭わしい身であいつを守るのだ。

誰にもやらない。誰にも触れさせない。

俺とあいつの間に入らんとする何ものをも、俺は許さない。

痛めつけてやる。殺シテヤる。

食ッテヤル――――。

黒頭《くろず》さま

「おはよう、萌さん」

「おはようございます、藤子さま」

丁度朝餉を食べ終えた頃に、藤子はやって来た。

急いで身支度を整え玄関先へ向かうと、藤子は心配そうな表情で萌の顔色を観察した。

「もうお加減はいいのかしら。昨日、突然庭で倒れたって聞いて、あたし心配で」

「ええ、おかげ様で……。約束があったのに、本当に申し訳ありませんでした」

「いいのよ、そんなの！　それよりも……」

藤子は、おさげを胸に垂らした白い木綿のワン・ピース姿の萌を見て、手を叩いて喜んだ。

「まあ……思っていた通り、よく似合うわ！　なんて綺麗なのかしら」

「あのう……、本当にいいんでしょうか。こんな素敵なもの……」

「いいのよ！　あなた、きっと洋装が似合うと思っていたの。こんなに暑いんじゃ、いちいち帯を締めるのも億劫《おっくう》ですものねえ」

この洋服は、藤子からと言って今日着るように渡されたものだった。萌が持ってきた着物はあの銘仙ひとつきりだったので、正直とてもありがたかった。風呂敷包みに入っていたのも、着物の生地で作った下着が少しと、普段使いのすり切れたモンペだけである。着るものも食べるものも困る時代、あの地味な銘仙が、萌の最後に残された一張羅《いっちょうら》だったのだ。

ホテルの制服以外、自分ではまともな洋装も和装も滅多にしない萌だったので、藤子にもらったワン・ピースは、裾がひらひらとして、足下がすうっとして、少し落ち着かない心地がする。それに、腰から下はふんわりとしているものの、胴を包む部分がぴったりとしていて恥ずかしい。けれど、萌も年頃の娘、その可愛らしい造りに、心ときめかずにはいられなかった。

藤子は今日は格好のいいグリーンのスポーツ・ドレスを着て、白いアメリカン・ヒールを履いている。それが女にしては長身の藤子に、またよく似合っていた。自分は藤子ほど上手く着こなせていないだろうと思うと、萌はこの美女の隣に立つのに、少し気後れする思いがした。また、昨日のことを思い浮かべれば、頬が熱くなってしまう。けれど、藤子は萌が覗き見ていたことを知らないのだから、それを顔に出すわけにはいかない。

「ところで、よく眠れたかしら？　熱は引いたって聞いたけれど、長旅のお疲れも、少しはとれて？」

萌はええ、と頷いた。ここへ来てからというものの、夕餉《ゆうげ》や朝餉はこの貧窮したご時世に初めて見るほどの豪華なものだったし、やはり心身ともに疲れていたのでよく眠っていると思うが、いつも決して気持ちのよい目覚めではなかった。もちろん、原因はあの奇怪な夢もあるが、宗一のことが大きい。

朝餉の折には松子と顔を合わせたが、やはり宗一はいなかった。一昨日の夕餉が例外であり、宗一が母屋に出てくることはほとんどないらしい。それに、いつも朝が遅いようだった。そのとき、松子がどういうわけか「萌、宗一を起こしてきてやってくれんか」と萌に頼んだのだ。

真夜中のあの事件もあり、萌は宗一に会うのが気まずかったのだが、そう言われてしまっては嫌とは言えない。松子なりに、どうやら上手くいっていない様子の従兄《いとこ》との間を取り持とうとしたのかもしれなかった。

それに、萌自身、気まずさはあるが宗一のことは気にかかっていた。あの後部屋に戻り、熟睡はできずにうつらうつらとするうちに朝を迎えていたものの、あの庭での宗一が本当に宗一だったのかも、萌には自信がなくなっていた。更には、あれが現実の出来事だったのかどうかさえ、曖昧になっている。

だが、宗一のあの苦悶の様子が、萌の胸からいつまでも離れないのだ。

(宗一さま……大丈夫なのかしら……)

萌は定まらない心のまま、宗一の部屋へ向かった。宗一の居室は、屋敷と細い渡りで繋がった離れにあった。最初萌は控えめに扉をノックし、宗一さま、と呼びかけてもみたが、まるで反応がない。

迷ったものの、仕方なく失礼します、と一声かけて中へ入ると、そこはすべて和室の造りだった母屋とは違い、花の飾られた足の長い卓子に籐椅子、天蓋《てんがい》つきの寝台など、黒を基調とした洋風の部屋にしつらえてあるのに、萌は驚いた。やはり壁は真っ赤だが、かなり趣《おもむき》の違う風景だ。壁一面を埋めるような大きな本棚にも目を瞠《みは》った。宗一は大層な読書家のようだ。勝手に獣のような男と思い込んでいた萌は、意外な気持ちがした。

何気なくその背表紙を眺めてみて、萌はどきりとした。そこには「鬼」に関する書物が、息もつけぬほどにみっしりと敷き詰められていたのである。何か見てはいけないようなものを目にした気がして、萌は慌てて目を逸らした。

昨晩も相当飲んだらしく、部屋の中が酒臭い。宗一は寝台の上でぐっすりと寝こけていた。蒸し暑い夜だったので夏布団はすっかりはだけ、着物も乱れに乱れて、肩も胸も丸出しである。男の裸など見たことのない萌は、恥ずかしさにどぎまぎと視線を彷徨わせながら、そっと寝台に近づいた。

「そ、宗一さま……起きてください」

控えめに声をかけるが、まるで起きる気配がない。その安らかな寝顔に、萌は内心ほっと安堵する。昨晩の苦悩の乱れはその顔になく、むしろ満ち足りたような表情をしていたからだ。

「宗一さま」

躊躇ったが、萌は意を決してその肩に手をかけ、軽く揺すってみた。すると、宗一は

うっすらと目を開け、まだ夢の中にいるようなぼんやりとした顔で、萌を見た。

「ああ……俺の……」

「えっ？」

やにわに、宗一が萌の腕を摑んだ。萌は仰天したが、抵抗する間もなく、強く引っ張られて、足をもつれさせ、宗一の上にどすんと倒れ込んでしまう。

「そ、宗一さまっ……」

寝ぼけているのだろうか。そのまま強く抱き締められ、萌は息苦しさと激しい羞恥に喘いだ。萌の豊かで柔らかな乳房が、宗一の固く逞しい胸板に押しつぶされる。昨夜のことがまざまざと思い起こされて、萌の頬にたちまち血が上る。

「宗一さま、離して！」

萌は必死で身悶えて、その腕から逃れようと抵抗した。しかし、宗一の太い腕はまるで鋼鉄のようにがっちりと萌の腰に食い込んで、少しも力を緩めてくれない。ただうっとりとして萌を抱きすくめ、赤ん坊の眠るようにその胸元に鼻先を埋めている。

「宗一さま、起きてください！　宗一さまっ」

夢中で暴れていると、また、あの麝香の香りが宗一の胸元から匂い立つ。その芳香を嗅ぎ、あっと驚いた瞬間、まるで体のうちから火がほとばしるように、萌の体が熱くなった。

己の体の変化に、萌は泣きたくなった。いつもそうだった。夢の中でもそうだし、実際宗一に触れられて、そして近くに寄られただけで、突然体がもえあがったのだ。勝てなかった。この匂いの前では、萌はあまりにも無力だ。大きな波に押し流されるようにして、萌の理性は朧げに霞んでしまう。

押しつぶされた乳房の先の乳頭がピンとしこり、木綿の生地に擦れてたちまち固くなった。腰の奥に奇妙なうずきが生まれ、とろりとみだらに流れ出す。男の体臭と馥郁《ふくいく》たる麝香とが靄のように萌を包み、頭の芯がゆるくたわんで、束の間、萌はその恍惚《こうこつ》に没頭しそうになった。

「んん……う……」

宗一が苦しげに呻く。萌を固く抱き締める腕が、その体を弄り始める。柔らかな尻を揉み、その手は捲れたワン・ピースの下にまで潜ってゆく。意識のない宗一の下腹部が張りつめるのを感じて、萌の肌はカッと熱くなった。

（い、嫌……！　だめ……！）

必死で自我を取り戻そうと強く体を悶えさせると同時に、ふいに、宗一の腕の力が緩んだ。はっとして宗一を見下ろせば、いつの間にかその目は開いている。宗一はぽかんとした顔で、自分の胸の上にいる萌をじっと見ていた。そして、平坦な声で呟いたのだ。

「お前……ここで何をしている」

まるで、萌が宗一の寝込みを襲ったかのような言い草だった。突如、萌は火を噴くように赤くなり、恥ずかしさと悔しさで泣き出しそうになった。あまりのことに、目の色がまた変わってしまったかもしれないなどということにも、思い至らなかった。

「あ……わ、私は……」

「とりあえず、どいてくれないか」

不機嫌そうに言われて、萌は宗一の上からうさぎのように飛び起きた。

色々と不満を並べ立てたい気持ちはあったけれど、萌にそんな勇気はない。ただ転げるように寝台から降り、叱られるのを待つ子供のように所在なく立ち尽くす。宗一は気怠気に半身を起こし、髪をかきあげて欠伸《あくび》をした。

「野良犬の臭いがすると思ったら、お前か」

萌は恐る恐る宗一を観察した。昨夜のように、宗一は何かに苦しんで、うなされていたのだろうか。あの尋常でない様子を思い起こし、萌は宗一が心配になった。

しかし、宗一はただ面倒くさそうにため息をつくだけだった。

「男の寝込みを襲うとはな。それとも、俺の部屋から何か盗もうとでもしたのか」

「ち、違いますっ、わ、私、そんなこと……」

「さっさと出て行け。そしてそのままこの村を出て行け。今すぐにだ」

邪魔者を追い払うように手を振られて、萌は悲しくなって宗一の部屋を逃げ出した。しばらく動揺を宥《なだ》め、平静に返ってから、朝餉の席に戻ったのだ。祖母に宗一が起きたことだけ告げて……。

けれど、無表情の裏で、萌の身のうちではあの部屋へ入ってしまった後悔がのたうち回っていた。

(ひどい、ひどい……！　なんて人なの……！　自分で抱き寄せたくせに、私ばかり悪いようなことを言って……昨夜だって、あんな風に私を抱き締めたくせに……！　心配していたのに！)

潔癖な娘だった萌は、すっかり自分が穢れたように思った。みだらな夢を見て、現実の男にまで抱きすくめられて。しかも、それだけのことであんなにも体を熱くしてしまった自分が、ひどくふしだらに思えて仕方なかった。

宗一の行動をひとしきり心の中でなじった後、萌の胸に訪れたのは、悲しい自責の念ばかりだった。宗一には、赤い目の秘密を見られている。それに、彼と対峙するとき、必ずあの匂いが現れ、自分の体はたちまちおかしくなってしまう。今まで、どんな男相手にも、萌はこんな風になったことはなかったというのに。

萌も二十歳。親がなくとも、男女の秘密や女体の様々な変化は知っている。けれど、萌は誰かを恋したこともなかったし、また恋されたこともなかった。そういったものは、自分には無縁だと決めつけていた。だからこそ、燃え立つ自分の肉体や、宗一の熱い肌は衝撃的だったのだ。

（やっぱり、昨夜のこと、あれは夢だったのかもしれない）

あんなにも苦しげにしていた宗一が、今ではけろりとして、これまで通りに毒を吐く様を見て、萌は宗一のことがますますわからなくなっている。ここへ来てから夢なのか現実なのかわからないような、その境目が曖昧な日々が続いているから、混同してしまったのだろうか。

そして、はたと、昨日もまた自分は兄さまの夢を見なかったことに思い至った。そんな重大なことを、今の今まで忘れていた自分に愕然とした。

（私……宗一さまのことばかりを考えていた）

兄さまのことを少しでも忘れていたなんて、今まではあり得ないことだった。この短い時間の間に見た宗一のことが、萌の胸をいっぱいに占めていて、離れてくれないのだ。

萌にひどいことを言う宗一。突然発作のように凶暴になる宗一。夢の中の病的な宗一。そして、真夜中に一人で泣いていて、萌に縋りつてきた宗一――。

「ね、萌さん。そういえば、一昨日、ここへ来る途中のバスでおかしな話を聞かされたんですって?」

様々な宗一の表情を思い起こしていた萌は、藤子の声にはっと現実に引き戻される。一人の男のことばかり考えて自分が恥ずかしくて、萌は頬を熱くしながら、慌てて返事をする。

「あ……はい。智子さんが、何か仰っていましたか」

「ええ、そう。あなたを待っている間に少し、ね。智子さん、ひどく怒ってたわ。あの婆、今度会ったらただじゃおかない、なんて息巻いて」

「そんなに……」

あの温厚そうな智子がそこまで怒っていたことに、萌は驚いた。

「智子さん、本当に村や桐生の家を大事に思ってくださっているんですね」

「そうねえ。この村の者にとって、あのお屋敷に勤めることは名誉でもあるんですもの」

確かに、桐生家のことを語る智子はとても誇らしげだった。あの家はこの村の者の誇りでもあるのだろう。

「智子さんも、随分前からお勤めなんでしょうか」

「いいえ? まだ三年くらいかしらね。あのお屋敷に勤められるのは、最長でも五年かしら。期間が決まっているのよ。時期が来たらおしまい」

「えっ。どうしてなんでしょう」

「さあ。昔からそういうしきたりみたい。古い家だから、色々妙な決まりがあるのよ」

藤子は別に気にも留めていないようだが、屋敷に勤めるのに期間が決まっているとは、一体どういうわけだろうか。しかも、五年とは短すぎではないか。

「まあ、あのお屋敷に勤めていなくたって、村についてとやかく言われたら、ここの人たちは誰だって怒るわね。皆よそ者が嫌いだし」

「確かに、あのおばあさんのお話……ちょっと怖いことばかりでした」

「うっふふ。でもね、それ、別におかしくないのよう。本当の話だもの」

「えっ……」

「それをこれから教えてあげるわね」

藤子に連れられて屋敷を出て、あの深い森を抜けると、一昨日見た通りののどかな風景が広がっている。藤子に手渡された白いレースの日傘を差し、二人は連れ立って村を歩いた。

桃のみずみずしい香りを運ぶ風に、水田には青々とした稲がそよぎ、遠くから牛の鳴き声が聞こえてくる。

「来る途中で桃畑を見たでしょう？　桃が一番の収入源だけれど、ここの肉牛も評判がいいのよ。ここにいる村以外の人間と言ったら、牛を買い付けに来る博労《ばくろう》くらいのものだし」

こうして歩く間にも、すれ違う村人たちは、萌を見て深く頭を垂れてはありがたやと呟いたり、遠巻きに眺めて手を合わせ、何やら願い事を言ったりしているような者もいる。藤子は完全にそれを無視して歩くので、萌も何事もなかったようについていくしかない。第一、村人たちは萌と目が合おうものなら平身低頭してしまうのだから、会話も成立のしようがなかった。

そして、村人たちが敬っているのは、自分だけではないことに、萌は気づく。彼らは藤子に向かっても、深く深く頭を下げているのだ。

（確かに、地主の家とは聞いていたけれど……）

田舎の村における地主の立場をよく知らない萌だったが、これは普通のことなのだろうか、と首を傾げたくなる。それほど、村人たちの態度は、まるで神様に対するように仰々しかった。

しかし、その異様な振る舞いの他は、この村はいたって平凡な農村である。若者たちは働きながら二年前に大ヒットした「リンゴの唄《うた》」を歌い、今月始まったばかりのラジオドラマ「鐘の鳴る丘」の話などして盛り上がっている。女たちは井戸の周りに集って世間話に花を咲かせ、老人は縁側でたばこ盆を引き寄せて、長キセルをぷかぷかやっている。

ふと、萌は村のあちこちに赤い鳥居があるのを見て、ふっと表情を曇らせた。

（確かに、あれと同じものが庭にあると思ったのに……）

萌は松子の言葉を信じ切れずに、今朝もあの鳥居のあった場所を確認してみた。しかし、驚くべきことに、あんなにもはっきりと見えていたあの鳥居が、こつ然と姿を消していたのである。いよいよ、萌は白昼夢を見ていたとしか思えないような状況であった。

そのとき、ふいに、萌はバスの中で出会ったあの老婆の言葉を思い出す。鬼の神を祀る鬼の村——という、あの言葉を。やはり、あの屋敷のどこかには、本物の鬼が祀られているのだろうか。

「藤子さま……この村って、いくつも小さなお社がありますね」

「そうね。皆祀っているのは同じ神様よ。黒頭さま」

「くろず……さま？」

萌は目を瞠った。くろずとは、この黒頭村と同じ字を書くのだろうか。

「ええ。村の名前にもなっているわよね。ご神体は桐生家敷地内にある神殿に祀られているわ」

「敷地内にある、神殿……」

萌は、藤子の言葉にはっとする。

「それじゃ、あそこのどこかに、鳥居もあるのでしょうか」

「鳥居？　そうねえ……あるんじゃないかしら？」

藤子の曖昧な反応に、萌は違和感を覚える。

「藤子さまは、見たことはないのですか？」

「神殿は滅多に見ないわね。今までに一度か二度かしら……。確か、結婚したときに入ったと思うわ。でも、それっきりよ。だから、鳥居があったかどうかも、ちょっと覚えていないの」

「そう、なんですか……」

それでは、あの屋敷に住んでいる人たちでも、容易には訪れられない場所にあるのだろうか。それならば、確かにあんなに人目につきやすい庭先にあるはずがないのも道理である。萌は内心落胆した。どうしても、自分の見たものを信じたかったのだ。

「黒頭さまって、どんな神様なんでしょう」

「ふっふ」

藤子は意味ありげな視線を投げて含み笑いする。

「だから、あなた、聞いたのでしょう？　バスの中で」

「やはり、鬼なのですか……？」

「そうよ」

外巻きの髪をいじりながら、藤子はこともなげに頷く。

「黒頭さまは村の守り神。ちゃんとお祀り申し上げて、お勤めを果たしてさえいれば、黒頭さまは村に富を約束してくださるの」

やはり、この村で鬼は祀られていたのだ。しかも、村の名前そのままの黒頭さまという名で。

石野は鬼を祀ること自体は特殊ではないと言っていたが、この村の鬼は他で祀られている鬼とは同じでないような気がする。萌は、この村へ来てから、何度も奇妙な目に遭っているのだ。黒頭という鬼に不気味なものを覚えてしまう。

「鬼といっても、ここでは神様なのよ。第一、ここでは桃もたくさん実っているでしょう？　桃という果実は邪気を祓う力があるんだそうよ。悪い鬼がいるのなら、桃がこんなに成るはずがないじゃありませんか？」

藤子にいくら切々と説かれても、萌の恐怖心は消えるどころか高まってゆく。けれどそんな萌の様子もお構いなしに藤子は延々と演説を続けた。

「元来、神様なんてものは、それを信じない人たちの目から見たら、おかしなものなのよ。鰯《いわし》の頭も信心から、なんて言うけれど、この世には数え切れないほどの信仰があって、皆それぞれの由来でそれを信じているのよね？　だから、あたしたちがこの村に古くから伝わる黒頭さまを崇め奉るのも、何の不思議もないのよ。少なくとも、あたしたちにとってはね。人々は理解のできないものを排除しようとするわ。それは恐ろしいからよ。わからないものは怖いでしょう？　けれどその恐怖は、神に対する畏怖《いふ》と酷似しているとは思わない？　ねえ、萌さん。神も、鬼も、真っ暗闇な洞穴も……そしてそこから出てくる蛇も、皆同じように恐れられているのよ。あなたも考えてみて頂戴……」

石野の演説は微笑ましいとすら思いながら聞けたのに、藤子の言葉がすべて空恐ろしいものに聞こえてしまうのは、やはり本当にその鬼を信じている者の言葉だからなのかもしれない。

辛うじて小さく相づちを打ちながら歩いていると、民家の庭で、子供たちが、輪になって何やら歌いながら遊んでいるのが見える。よく見れば、輪の中央には一人の子供が目隠しをしてしゃがみ込んでいた。「かごめかごめ」でもしているのだろうか。

しかし、よく聞いてみれば、子供たちが歌っているのはまるで違うものである。

「目かくし　子かくし　花嫁かくし
五百かぞえて　目があいた
一ではひゃくしょう　二ではしょうや　三にふえたらとのさまじゃ
ころりころりと　はらのおと……」

子供たちの可愛らしい声が延々と響く。その聞き慣れない歌に、萌はなぜか胸がざわつくのを感じた。

「藤子さま。あの歌は……」

「ああ。この辺りで昔から歌われているわらべ歌よ。意味はよくわからないんだけど、私も小さい頃は何も考えずに歌ってたわ」

「わらべ歌……」

地方毎《ごと》に色々なものがあるらしいけれど、この歌もそんなものの一種だろうか。しかし、よく聞いているとどこか気味の悪い歌詞だ。

「見て、萌さん。あの家」

藤子は歩いて行くうちに、すいと一軒の家を指差した。

そこは桐生家と同じく紅殻塗りの赤い家で、何かあったのか大勢の人が詰めかけている。耳を澄ませば、家の中からはひっきりなしに笑い声や楽しげな歌声が響き、大層賑やかな様子だ。家から出てきた中年の村人は、お土産を持たされ、赤ら顔で機嫌良くあぜ道を歩いて行く。

「人がいっぱい集まっているんですね……何かのお祝いでしょうか」

「ええ、そう。あそこ、昨日いわゆる『神隠し』が出たのね」

萌は目を剝いた。一瞬、藤子の言葉が理解できずに口ごもる。『神隠し』と『お祝い』が、まるで結びつかないのだ。それはまったく、異なった意味なのではないか。

「じ、じゃあ、どうしてお祝いなんて……」

「そりゃあ、めでたいことだからよ」

当然のように藤子は答える。

「神隠しって、この村ではちょっと意味が違うの。いなくなるのは、子供や娘に限ったことじゃないし。神隠しの者の出た家は、鬼の神様に気に入られたと考えられているから、ああやって三日三晩、訪れる人をもてなして、お祝いをして喜ぶのよ。これでこの家は栄えるってね」

信じ難いことだった。神隠しを祝う習慣など、他では聞いたこともない。少なくとも、この村で育っていない萌には、あまりにも奇妙な風習に思える。

「神隠しの出た家は、ああして二十年間壁を赤い色に塗るの。その後は色を変えるのよ。見て、萌さん。他にもちらほら赤い家があるでしょう。あの家からは、二十年以内に神隠しが出たということなのよ」

「二十年以内に、また同じ家から神隠しが出たら……」

「それはあり得ないわ。まあ、神様の考えていることはわからないけれど、多分その家が絶えてしまうようなことはしたくないのよ」

その妙に機械的な、制度化されたような『神隠し』に、萌の肌は日傘の影の下でゾクリと粟立《あわだ》った。どうして、村人たちはあんな風に喜べるのだろう。どうして、あんな楽しげに歌ったり笑ったりできるのだろう。あまりにも異常な光景に、萌は悪夢を見ているようだと思った。そう、悪夢——まるで、この数日間、立て続けに見た残酷な夢の続きに立っているようだ。

「悲しく、ないんでしょうか……家族が、いなくなったのに」

「悲しいことなんかないわ。だって、いなくなった家族は神様の一部になったのよ？　自分の家から神様になれる者が出るなんて、めでたいことじゃないの」

藤子は苦笑いしている。この村で育っていない萌が理解できなくても仕方ない、という諦めと、いかにも愚かなことを訊ねられたというおかしさが、その声に滲んでいた。

萌はこのとき、初めて、藤子をこの村の人間だと感じた。あまりにも都会的で、洗練された女性に見えた藤子。けれど、こうして村を語っている姿は、萌の最初の印象からはあまりにもかけ離れていた。

「ああ、そういえば、萌さん。覚えている？　あなたに直訴した村の男を。あたしも、後から聞いたんだけれど……」

藤子はおかしそうに白い歯を見せて笑っている。

「神隠しにあったのは、その男よ。今、お祝いをしてるのはその男の家なの」

「え……」

萌は目を丸くした。あの男のことは、もちろん覚えている。病の妻を助けてくれと、萌に縋り付いてきたのだ。

「ど、どういうことですか。じゃあ、あの人の奥様は……」

「男が神隠しにあったことがわかった翌朝に、亡くなったそうよ」

萌は何とも言えぬ息苦しさに襲われ、立ち竦んだ。

救いを乞うた者が神隠しにあい、そしてその者が救いたがっていた者は死んでしまったという。これの、どこがめでたいというのだろうか。あの家の残った者たちは、一度に二人も家族を失ったというのに、なぜあんな宴が開けるのだろうか。

「萌さん。悲しそうな顔ね」

「藤子さま……」

「男の妻は末期のがんだったそうよ。もう助からないと病院から出されて自宅で療養していたの。それはひどい苦しみようで、その呻き声は三軒向こうの家にまで響いたと言うわ。それが、死に顔は大層安らかで、眠るように亡くなったということよ。これも、男が黒頭さまに身を捧げたお陰。そうは思わない？」

萌には、何とも返事のしようがなかった。果たして、男はそれを願って、あんなに必死な顔で「救ってくれ」と萌に縋り付いて来たのだろうか。

わからない。男はもういなくなってしまったのだ。その本心を聞くことはできないし、男の妻もすでにこの世にはいないのだ——。

「……と、まあこんな感じなの。そのよそ者の婆さんが言っていたことは本当。でも、この村では『鬼』も『神隠し』も、意味が違うのよ」

考え込む萌に、もうこの話はおしまいとばかりに藤子は話題を転ずる。

「それじゃ……、智子さんは、言われていたことに怒ったのじゃなかったんでしょうか」

「そうね。ありがたいことを、簡単に村の外の者に口にして欲しくなかったんだと思うわ。

それに、あなたが誤解することもわかっていただろうし」

智子は言っていたではないか。「世間で言う恐てぇ鬼が住んどるわけじゃないです」と。つまり、怖い鬼は住んでいないが、ありがたい鬼ならいる、と言いたかったのかもしれない。

萌の不安は高まって行く。不穏な動悸を押さえるように、白いワン・ピースの胸に手をやるが、鼓動は激しさを増すばかりだ。

「藤子さまも……その、黒頭さまを、信仰しているんですか」

「ええ、もちろん。だって、ご覧なさいよ、萌さん。皆が配給で生活して、それでも足りなくって、着ているものを売ったりしてヤミの食料でようやっと食いつないでいるってときに、ねえ、わかるでしょう、この村の豊かさが」

それは、この村に入ったときから萌も感じていたことだ。村人たちに極端に痩せた者はいないし、皆余裕のある表情をしている。栄養失調で亡くなる者もまだまだ多いし、冬には幾人もの凍死者の出る貧しい時代に、こうまで豊かな生活ができている場所があるとは驚くべきことだ。

「これはみぃんな、黒頭さまのご加護のお陰よ。村の人たちはそれを知ってるの。だから神隠しが出れば、あんなに喜んでいるのよ。空襲が激しくなったとき、この辺りの村々にも、次々街から人が引き揚げてきたわ。でも、黒頭村にはそういうことはなかった。だって、そもそも誰もここを出て行こうなんて思わないんですもの。村を出て都会へ行くよりも、ここにいた方がずっと豊かな暮らしができるんですものね」

藤子はやや興奮した面持ちで捲し立てる。

「皆、黒頭さまを信じているわ。もちろん、あたしも。何よりあたしは、桐生の人間だし……」

そう言いかけて、萌と目が合うと、いたずらっぽく肩を竦める。

「まあ、例外はいたんだけれどね……姉さまったら、何を考えていたのかしら」

藤子は自分も祝いの言葉を述べてくると言って、その家へ入って行った。萌も誘われたが、もちろん首を横に振った。家族が神隠しにあって喜んで宴まで開いている人々に、どんな顔をして会えばいいのかわからなかったからだ。

そのとき、萌の肩に触れるものがあった。どきりとして振り向くと、いつの間にか、そこにはあの民俗学者の青年が立っている。

「石野さん……」

「萌さん。驚くべきことだね、これは」

萌は石野の変貌に驚いた。その顔は、昨日会ったときとは打って変わって、青ざめて恐怖に引き攣っている。その視線は神隠しのあった家へ向けられ、色をなくした唇はわなわなと震えていた。

「萌さん……あなたがどんな理由でここへ来たのか、僕には詳しくわからないが……あなたもなるべくすぐにここを出た方がいい」

「え……？」

石野は、宗一と同じことを言った。昨日まで好奇心に満ち溢れ、この村をまだまだ研究するつもりでいたかに見えた石野が、まるで別人のように豹変《ひょうへん》している。

「どういうことなんです……？　石野さん、一体なぜ……」

「僕は……神隠しを『見た』んだ」

萌は瞠目して、日傘を取り落とす。盛夏の強い日差しが、萌の肌を突き刺すように降り注ぐ。

「これは恐ろしいことだよ……ただの変わった民間信仰だと思っていたのに……この村には、まるで古代の血なまぐさい迷信が生きているようだ……。きっと、あの当主は……」

「石野さん……あなた、一体何を……」

萌は当惑して石野を見つめる。熱意に溢れていた青年は目から光を失い、それでも弱々しい笑みを浮かべてみせる。

「僕は確信するまで口にすることはできない……だから、もう少しだけ調べたいんだ。だけど、萌さん、僕はあなたが心配なんだ」

「なぜ……」

「だって、あなたはあのお屋敷にいるじゃないか」

庭に潜み、桐生家が謎に満ちていると言っていた石野を思い出す。けれど、今の石野の口調にかつての好奇心はない。「あのお屋敷」と言うとき、まるで口にしてはいけないことを言うように、その唇は恐怖に歪んでいる。

「お願いだから、あなたはここをすぐに出て欲しいんだ。あなたのようなうら若いお嬢さんは、今すぐに……」

ふっと、萌の視界が暗くなる。見れば、落とした日傘を携えた藤子が、自らの日傘で萌の頭上に黒々とした影を作っている。

「いけないわ、萌さん。あなたの綺麗な肌にしみができてしまうじゃないの」

「藤子さま……」

「帰りましょ。ね、萌さん」

藤子はそう萌に笑いかけながら、視線は鋭く石野の方へ向いている。石野は強張った表情をして、背中を向け、去って行く。その後ろ姿には、怯えを振り切ろうとするかのような頑《かたく》なな決意が見えるようだった。

＊＊＊

母屋に戻ると、女中に「ご隠居さまがお呼びんさっております」と早速呼び立てられ、萌は心のさざ波を鎮める間もなく、奥の座敷に向かうことになった。

ここへ来て初めて通された部屋に入れば、まるであのときから少しも動いていなかったというように、松子は同じ場所に同じ格好でちんまりと座っている。置物のように静かに正座している松子の、まるでこの家の一部であるかのような一種異様な雰囲気に、この老女こそがこの家の守り神のようだ、と萌は思った。

「萌、村はどうじゃった」

「はい……。藤子さまが色々と案内してくださいました」

「そうか、そうか……なあんもねえ村じゃけえ、お前のような若い娘にゃ退屈じゃろうて」

ほっほ、と口を窄めて笑うと、松子は眩しそうに目を細め、萌の顔色を窺った。

「それでなあ、萌。一昨日も話しとった、楓の役割の話なんじゃがなあ……」

萌は身構えた。松子はよほど気が急いているようで、一刻も早くこの話をしたい様子だ。

萌は逃げることもできず、背中にじっとりと緊張の汗をかいて、黙りこくっていた。

「頼む、萌。この家の守り神の、花嫁になってくれんか」

萌は、その不気味な言葉に、瞠目したまま固まった。

(守り神の、花嫁……？)

松子は、萌が何かを口にする前に、宥めるように付け加える。

「お前の気持ちはわかる。きっと、この村の守り神が何かも、藤子に聞かされたんじゃろう。じゃが、怖がることあねえ。ただ花嫁としての儀式をこなすだけじゃけえ。桐生家はこれをずうっと続けてきたんじゃ。桐生家の、村の繁栄のために、これは欠かせんことなんじゃよ」

「桐生家の……村の、繁栄……」

「そうじゃ」

松子は大きく頷き、訥々と家の歴史を語り始める。

「桐生家の始祖様はなあ。平安の昔、山から下りてきよった人喰い鬼どもを退治して、村の英雄になったんじゃ。しゃあけど、鬼の首をとって焼いたのにのう、鬼を完全に殺すこたあできんかった。真っ黒に焼けて首だけになってしもうても、鬼は立派に生きとった。女を喰いてえ喰いてえと喚いて暴れるんじゃ」

そのとき、萌の脳裏に、あの白昼夢が蘇った。鬼を殺そうと、密談する人たち。そして、鬼には見えぬ貧しい村人たちを殺戮し、火を放った武士たち。

萌は服の裾を握りしめ、必死で手の震えを堪えた。

(まさか……いえ、そんなわけない……。だって、私が見た虐殺されていた人々は、ただの人間で、鬼ではなかったんだもの……)

しかし、奇妙に話が合い過ぎている。殺されていたのが人ということ以外は、すべて一致しているのだ。あの白昼夢があまりにも生々しかっただけに、萌は未だにその光景を忘れられずにいる。あの地獄が、もしも本当にあったことなのだとしたら——そう考えては、肌一面に鳥肌を立てて震え上がってしまう。

黒頭さまという守り神は、松子の話では焼けて真っ黒になった鬼の首を指しているのだ。普通の人の首では原形など残らない。少なくとも、生きてはいないだろう。なんという、恐ろしい守り神なのだろうか。それを崇めている村人たちは、やはり異常としか思えなかった。世界広しと言えども、鬼の焼けた首を御神体にしている村が、他にあるのだろうか。

平安の話も御伽話なのだろうが、松子の話しぶりが真に迫っていて、萌には目の前に女が喰いたいと暴れる鬼が見えるようだった。

「じゃから、桐生家の子孫は代々、百年毎に、その時期に産まれた女子を花嫁とし、それが二十歳になってから儀式を行うんじゃ。鬼を『満足』させてのう、再びお眠りくだせえと、お願いするんじゃ」

「それが……私の、母さんだったのですか」

「そうじゃ。じゃが、楓は……逃げてしもうた」

松子は忌々しげにため息を落とす。

「一度花嫁と決まったら、変えることはできん。じゃが、こねえなことがこの長い歴史の中に一度もなかったわけじゃねえが。例外として、その後に生まれた直系の女子か……花嫁の子供が娘じゃったら、その子を花嫁にすることもできるんじゃ」

一体、誰がそんなことを決めたのだろう。萌はその仕組みを作った人間を恨んだ。そのために、何の罪もない母は家を捨て、村を捨て、逃げなければならなかったのだから。萌は、花嫁のしきたりに何の疑問も持たず、ただ逃げた娘だけを批難している様子の松子に、ひどくもどかしい思いを抱いていた。必死で娘を捜していたのも、母の愛からなどではなく、花嫁を逃がしたくないという気持ちからだったのではないか。そう思えて仕方がないのだ。

藤子が鮮やかな弁舌を振るっていたものの、この村で生活していない萌にとっては、黒頭さまという存在が、本当に守り神としてこの村の豊かさを生み出しているのか、疑わしかった。

「その……黒頭さまを祀って鎮めることで、村は繁栄できるのですか……」

「そうじゃ。それには、花嫁の儀式が不可欠なんじゃ」

「その儀式は、どんなことをするのですか」

「それは……」

多弁だった松子は一度口をつぐみ、厳かな様子で語り始める。

「儀式というのはな。桐生家の当主——つまり宗一と一月交わり続けることなんじゃ」

「……え？」

「ほれでな、桐生の気を濃ゆうしてから、お前の髪を一房、黒頭さまに捧げるんじゃ」

萌は耳を疑った。今、松子は何と言ったのか。

「鬼は女の血肉は喰らうが、髪は喰らわん。黒頭さまは、焼かれてすでに目は見えなくなっとるけえ、気の満ちた髪の存在を感じて『桐生の女を喰った』と錯覚し、満足して眠ってくださるんじゃ」

「ま……待ってください！」

何事もなかったかのように話を進める松子に、萌は珍しく大きな声を上げた。

松子はきょとんとした表情で萌を見る。萌はまるで自分が恥ずかしい聞き違いをしたように思い、普段の自制も忘れて、頬を火照らせた。

「い、今……何て。私が、宗一さまと……ま、交わるって……？」

「ああ、そうじゃや。萌、房中術《ぼうちゅうじゅつ》ゆうもんを知っとるか」

萌は首を横に振る。平気な顔をして話を続けている松子が信じられない。

「男女が交わり、気を循環させることで、双方の身体機能を高めるものじゃ。陰陽《いんよう》がひとつになって初めて万物が生まれる……桐生家の者同士が気を高め、その髪を捧げることで、黒頭さまに満足感を与えるんじゃ。ただの女の髪ではおえん」

「で、でも、そんな！　結婚してもいない男の人となんて……しかも、一昨日初めて会った、従兄の人と！」

「ほっほ、安心せえ」

藤子はこともなげに笑い飛ばした。

「体をすっかり処女の状態に戻してやる秘薬もあるんじゃ。お前が未来の旦那様を思うて悲しむことは何もない」

「そ、そういう問題じゃ……っ」

萌が動転して思い切り立ち上がると、立ちくらみがして視界が回る。松子は手を伸ばし、萌のふらつく体を抱きとめようとするが、萌はそのまま昏倒《こんとう》してしまう。

「あれまあ、なんとゆうことじゃ。誰か、誰かおらんか」

「お、おばあ……さま……」

使用人を呼ばわる松子の、乾いた手の平の感触を額に感じながら、萌は呻く。心配そうな松子の顔に光る目が、まるで狐のようにつり上がって見えた。

「大切な、大切な体じゃけえ……大事にせんとおえんぞ……ほっほっほ」

血が上った瞳が、赤く染まるのを感じる。けれど松子はそれを見て驚くどころか、殊更愛おしそうに微笑んだ。

「ほんに、楓にそっくりじゃのう」

そう囁いて……。

花嫁

「だから……いけないと言ったのに」

優しい、悲しげな声が聞こえる。そう、これは萌のいちばん大事な人の声。

「兄さま……！」

濡れたような黒髪の、透き通るように白い肌をした、美しい少年。そして、萌と同じ赤い目を持った、かわいそうな兄さま——。

萌はいつもの夢の花園の中に兄さまの姿を見いだして、嬉しくてたまらずに駆け寄った。

「僕の忠告を聞かなかったからだよ。帰ってはいけない、と何度も言っただろう」

「兄さま……ごめんなさい」

「明日は、必ず逃げないといけない。いいね？」

「ええ……でも……」

萌は少年に寄り添いながら、悩ましげに俯いた。

「どうして、私なのかしら」

「だって、桐生家の人間ならいいんじゃないの？　それなら、藤子さまだって」

「どういうこと？」

「それは……」

少年は思案するように遠くを見る。

この花園に果てはない。いつも甘い芳香に満ちていて、永久にも思える時間が流れている。季節を問わずに花が咲き、虹色の鱗粉《りんぷん》を振りまいて蝶が舞う。萌はいつも兄さまと、ここで逢瀬を重ねてきたのだ。

「僕にはわからない。でも、萌を必死で探していたんだから、きっと萌でないといけないんだ。あのおばあさまが話していた、しきたりというやつなのかもね」

「そんな……」

兄さまは何でも知っていた。けれど、このことに関してはわからないのが口惜しい。

この家にいるからには、鬼の花嫁にならなければいけない。宗一と、一月も交わり続けなければ――――そう思うと、萌の顔は燃えるように熱くなる。

(宗一さまと、そんなこと……だめ、いけないわ)

宗一の美しい顔と熱い肌を思い出し、萌は胸の高鳴りを抑え、震えた。宗一には幾度も抱擁されている。危ういところまで及ばれたこともある。

そしてその度、萌は昂り、肌を熱くしてしまっていた。けれど、そのことに萌はひどく罪悪感を覚えている。自分が急にふしだらな女になったように思えて、やり切れなくなる。

やはり、そんなことを受け入れてはいけない。儀式で男女が交わるだなんて。

その儀式を拒否するとなると、萌には逃げるという選択肢しか残されていないのだった。

「私……せっかく、一人きりじゃなくなったと思ったのに……」

「だから、僕がいるだろう？　萌」

少年は、女のような細いたおやかな腕で萌を優しく抱き寄せる。ここでは、萌も兄さまと出会ったときのままの、幼い少女。小さな兄さまの胸の辺りまでしかない頭を静かに撫でられて、薄い胸にひっそりと悲しみがやってくる。

「悲しいかもしれないけれど、仕方がないよ。横浜に戻ろう。そして、これまでと同じ生活を続けるんだ」

「そうね、兄さま……」

その得体の知れない黒頭さまとやらのために、純潔を奪われたくなどない。昨日今日出会った仲の人とそんなことをしなければならないなんて、異常なことだ。

この清らかな兄さまの前で、少しだけ、宗一を受け入れてもいいなどとふと考えた自分が恥ずかしく、消え入るような思いがして、萌はその考えを振り払う。

何よりも、萌は鬼のための儀式が怖いのだった。髪を切られてしまうのも、いやだった。萌は、自分の何もかもに無関心だったけれど、この長い髪だけは気に入っていたのだ。兄さまが幾度も萌の長い豊かな黒髪を梳いて、「綺麗な髪だね」と褒めてくれたのだから。

「兄さまと会えて、よかった。私、もう会えないのかと思っていた」

「どうして？」

「だって、このお屋敷へ来てから、兄さまはいなかったし……」

少年は悲しげな顔をした。そして少し意地悪な目つきになって、萌を軽く睨みつける。

「お前が、僕に会いたくなかったんじゃないのかな」

「え？」

「だって、お前は僕の忠告を無視してここへ来たじゃないか。僕と会うよりも、もっと違う夢を見ていたかったんじゃないの？」

萌は宗一とのことを見透かされたような気がして、かあっと頬を熱くした後、すぐに血の気が引いて蒼白の顔になる。萌は、宗一のために、束の間兄さまのことを忘れていたのだ。そんなことが兄さまに知れてしまったらと思うと、目の前が暗くなった。

「ち、違うわ、兄さま。どうしてそんなことを言うの……？」

「萌は、僕みたいなのじゃなくて、もっと大人の男がいいのかな」

「兄さま！」

萌は叫んで、わっと泣き出した。

「ひどい、兄さま！　私、兄さまと会えなくて、どれだけ心細かったか……兄さまのばか、兄さまのばか！」

　萌は泣きじゃくって地団駄を踏んだ。今まで溜まってきたものが溢れて止まらない。なぜ、せっかく久しぶりに会えたというのに、兄さまはこんなにも意地悪なのだろう。萌はずっと兄さまを呼んでいたのに、来てくれなかったのは兄さまの方ではないか。あんなみだらな夢や恐ろしい夢を見るのだって、決して萌が望んだからではないというのに。

　確かに、夢の中でしか会えない兄さまよりも、現実の世界での血の繋がりを萌は求めた。現実で萌を守ってくれる「兄さま」のような存在がここにいるのではないかと期待して、夢の兄さまに逆らってここへやって来た。けれど、それは兄さまを欲していないというわけではない。ただ、萌は寂しかった。孤独を癒やしたかっただけなのに。

「ねえ、萌」

　ふいに、少年は表情を曇らせる。涙を流す萌を哀れむように、翳《かげ》った瞳で見つめている。

「萌は、ずっと僕の萌でいてくれる？」

「え……？」

　どうしてそんな、当たり前のことを聞くのだろうか。兄さまの様子がおかしい。ようやくそのことに気づいた萌は、急に兄さまのことが心配になってきた。

「僕は、大人になった方がいいんだろうか」

「兄さま、どうしたの……」

「僕は気の遠くなるほど長い年月を生きていかなきゃならない。ずっと同じ姿のままで……。だったら、幼いままの方がいい。僕はそう思っていたんだ。大人になって苦しむよりも、無邪気な子供のままでいた方が、せめて夢の中では安らかでいられると思って……」

（――――夢の中では？）

萌は今、大変なことを聞いたような気がした。

兄さまは、夢の中で生きている存在ではないのか。まさか、兄さまも、萌と同じように誰かの見ている夢の中での姿なのか。

今まで考えもしなかったことに、萌は愕然とした。

（私……自分の都合のいいようにしか考えてこなかった）

兄さまは、自分を助けてくれる大切な人。夢の中でしか会えない、萌の王子様。兄さまが本当は何ものなのか、萌は考えようともしなかった。ただ、自分のためだけに存在する、現実にはいない、萌の夢の中だけにいる少年だと思っていたのだ。

「僕がここでも大人になったら、本当に萌を手放せなくなってしまう。お前を守るだけで満足だったのに、それだけじゃ足りなくなってしまう。だから怖いんだ」

「兄さま……」

兄さまはこんなに近くにいるのに、ひどく遠い。萌は突然、焦りを覚えた。

ソーニャ文庫

新刊情報

2014年8月

執着系乙女官能レーベル

Sonya ソーニャ文庫

ソーニャ文庫公式webサイト http://sonyabunko.com

ソーニャ文庫公式twitter @Sonyabunko

裏面にお試し読み付き！

イースト・プレス

試し読み

鬼の戀《こい》

丸木文華　イラスト Ciel

押し流されまいとするように、萌はのしかかる肉体にしがみついた。分厚い背に爪を立て、筋肉に覆われた太い腰に脚を絡ませた。

侵入は尚も続いている。巨大な肉塊に体を裂かれながら、萌は四肢の先まで浸食されてゆくのを感じる。奥の院をぐうっと押し上げられ、その例えようもない激痛と、同時にこらえきれないほどの満ち足りた逸楽《いつらく》に、萌は全身を戦慄かせた。

（変わる……私が、私でなくなる……！）

萌を侵食するものは内側から蠢き始める。激しく揺り動かされ、心身を食い荒らされる暴力的な法悦《ほうえつ》に耽溺《たんでき》し、萌は本能から動物のように喘いだ。

「ああ……あ……！　ふうう……っ」

絡まってゆく。強靭な蔦が瞬く間に萌の肉を、骨を、心臓を絡めとり、絶妙な振動でもって揺すり立てる。

「ああっ、あ、ひい、あ、あっ」

柔らかな肢体を穿つ陽根は一層逞しく反り返り、うずく濡れた肉を火の噴くように捲り上げる。

「あ、あーーっ、あああーーっ！」

変態侯爵の理想の奥様

秋野真珠

イラスト gamu

「そ、こは、侯爵様が舐めるところじゃ、な……っ」

「では誰が舐めるんだ」

「……それは、子供が産まれたら……」

「まだ産まれていないから、私が代わりに舐める」

「――――っ」

舐めると言いながら、歯を立てた。

びくりと身体を揺らすアンジェリーナの反応が、デミオンはもっと欲しくなる。

もっと反応して欲しい。もっと応えて欲しい。

デミオンが望んでいるように、アンジェリーナからも欲しいと言って欲しい。

あの姿絵のような子供が欲しいといつも思っているし、そう望んでの行為のはずなのに、最近アンジェリーナの反応を見ると何故かそれが薄らいでいく。

デミオンの手に、キスに、愛撫のすべてに応えてくれるアンジェリーナの肢体と、涙に濡れた顔が恥じらいながらも恍惚に震えているのを見ていると、デミオンの中に違う欲望が渦巻いてくる。

それを治めるために、デミオンはさらにアンジェリーナを泣かせてしまう。

ぼろぼろと涙を零し、最後には許してと乞う彼女の姿を見ると、デミオンの中にある隙間のすべてが埋まり感情が溢れるのだ。

8月の新刊

鬼の戀《こい》

丸木文華　イラスト Ciel

父の遺言に背き、母の実家を訪れた萌。そこで、妖美なる当主、宗一と出会うのだが……。いきなり「帰れ」と言われ、顔をあわせるたびにひどい言葉をぶつけられる。ところがある日、苦しそうにむせび泣く彼に、縋るように求められ——。

さだめに抗う優しい鬼の純愛怪奇譚。

変態侯爵の理想の奥様

秋野真珠　イラスト gamu

この結婚は何かおかしい……。

容姿端麗、領民からの信望もあつい、男盛りの侯爵・デミオンの妻に選ばれた子爵令嬢アンジェリーナ。田舎貴族で若くもない私をなぜ……？　訝りながらも情熱的な初夜を経た翌日、アンジェリーナは侯爵の驚きの秘密を知り——!?

次回の新刊　9月3日ごろ発売予定

蜜牢の海（仮）	西野花	イラスト：ウエハラ蜂
薔薇はいつわりの花嫁（仮）	柊平ハルモ	イラスト：鳩屋ユカリ

「私、兄さまと会えなくなってしまうのだけは、いや」

少年は驚いた顔で萌を見ている。なぜ、こんなことを口にしてしまったのかわからない。ただ、兄さまがどこかへ行ってしまうような不安に捕らわれたのだ。

少年は複雑な眼差しで萌を見ていた。けれどそれも少しのことで、すぐにいつもの優しい笑顔になる。

「大丈夫。僕は、萌のいる場所なら、どこへでも行くよ」

「本当？」

「ああ。ずっと側にいる。萌の、すぐ側に……」

花園が眩い光に包まれていく。

――ああ、夢が終わる……。

萌はたった数日なのに、兄さまと長いこと会えていなかったような気がしていた。けれど、兄さまは約束してくれた。ずっと側にいる、と。

「……目が、覚めたか」

低い声がして、萌は自分を見下ろしている宗一の姿に気がついた。どきりと大きく心臓が跳ねる。

「そ、宗一さま……」

「おい、起きるな。お前は貧血を起こした。もう少し寝ていろ」

「は、はい……」

宗一の手が、ゆっくりと萌を布団へ押し戻す。

傍らに宗一がいることに驚いたが、よく見てみればここは昨日も布団を敷いて寝た萌の部屋だ。貧血で気を失って横たえられた萌の傍らで、宗一はその顔をずっと眺めていたものらしかった。

そのことに思い至ると、萌は血の気の失った顔がたちまち火照り始めるのを覚える。儀式ではこの人と交わらなければならないと、聞かされたばかりなのだ。

「どうして、あなたが……」

「看病してやってくれ、とおばあさまに頼まれたものでな」

「おばあさまに……」

どういうつもりなのだろうか。その意図がわからずに、けれどあんな話を聞いた後では何となくいやらしいもののように思われて、萌は胸がむかむかとしてくる。

「何か、倒れてしまうようなことでも聞いたのか」

先日と同じくどこか優しい宗一の態度に、思わず、萌の目に涙がたまった。

この状況でふいに柔らかな声をかけられては、弱った萌の心はいとも容易く崩れそうになってしまう。

「……儀式の内容を、聞きました」

宗一の表情は変わらない。ただ、微かに痛ましげな色がその瞳をよぎった。

「どこまで？」

「多分、すべてだと思いますけれど……」

宗一は、そうか、と呟いて黙り込んだ。その様子から、宗一は、間違いなく儀式の内容を知っていたに違いない。

「俺は最初からここを去れと言っていたはずだ。いつまでも居座っていたお前が悪いんだ」

宗一の重々しい声に、萌は無言で頷く。

「俺だってお前のようなやつとそんなことはしたくない。わかったらここを立ち去れ。どこへなりとも消えてしまえ」

宗一は吐き捨てる。しかし、その語気に以前ほどの覇気がないのが、萌にはわかってしまう。このとき、萌は、これまでの宗一の冷たさが、自分を遠ざけるための演技だったのではないかと、朧げに感じた。冷たささえも、宗一の優しさだったのではないかと。

「宗一さま……ごめんなさい」

気づけば、萌の口から謝罪の言葉が漏れている。

それを聞いて、なぜか宗一はギョッとした顔をした。

「なぜ、お前が謝る」

「なんだか……宗一さまだけを、ここへ残してしまうような気がして」

あの異常な儀式を課せられているのは、宗一も同じなのだ。それだのに自分だけ逃げてしまうのは、なんだか宗一を見捨てるような気がして、萌は罪悪感を覚えていた。あの、「助けてくれ」と一人でむせび泣いていた宗一の姿が、未だに胸を去らない。もしかすると、宗一には、もっと過酷な義務が課せられているのではないか。萌は、にわかにこの青年の側を離れ難くなっている自分に気づいた。

「な、何を言っているんだ。お前が出て行けば俺はせいせいする。馬鹿も休み休み言え。俺は、生まれたときからここにいるんだ。……お前とは違う」

萌を罵倒しながらも、なぜかその声にはどこかホッと安堵したような響きがあった。

「俺は、桐生家の当主として生まれた……これは変えられない運命だ。お前などに気を遣われる謂《いわ》れはない」

桐生家に生まれたことは、そんなにも重要なことなのだろうか。戦争が終わって新しい時代がやって来て、華族も地主も財閥もなくなったというのに、未だにこの村ではずっと昔からの風習が守られている。何にも縛られず、ただ己の目の色だけに怯えて育った萌には、家の持つ力というものがわからなかった。

「俺はすぐにでも出て行って欲しいが、もう生憎《あいにく》バスはない。空が明るくなる前に、屋敷を出ろ。道沿いに行けば、バスの通る道に出られる。畑仕事は朝が早い。空が白む前に村を離れられれば、村人に見つかることもない」

　そう言って、宗一は布団の中に手を差し込み、萌の手を探り当てて、その手に何かを握らせた。その感触で、中に新円の入った包みだとわかった。

「これで遠くへ行け。俺がお前の顔を見なくて済むようにな」

「宗一さま……」

　宗一はふっとかすかに微笑んだ。その諦観したような淡い微笑みに、萌は何かに突き動かされるように、青年の大きな手を握りしめた。

「宗一さん。私と一緒に、行きませんか」

　気づけば、そんなことを口にしていた。そう、二人で逃げてしまえばいいのだ。かつて父と母がそうしたように、こんな村は捨ててしまえばいい。どうして今まで思いつかなかったのかと思うほど、萌はこの考えに有頂天になった。

　宗一は萌の従兄だ。萌と一緒に生活しても不思議ではないし、彼だって立派な大人なのだから、自分で自分の人生を決めたっていいはずだ。宗一は人を監視したり突然激したり罵ったりするものの、きっとそれはこの村の異常性が彼を歪ませているに違いないのだし、共に暮らしていけないことはないだろう。

　突然の萌の誘いに、宗一は目を見開いた。

「ば、馬鹿か！　そんなことなど、できるはずがないだろう」

「なぜ?」

「それは……お、お前などと共に行くなどと、とんでもない。虫酸《むしず》が走る……」

「だけど、ここにいればあなたは閉じ込められたままで……」

それに、何か苦しいことがあるのでしょう? 泣いてしまうほど——。

そう言いかけて、萌は口をつぐむ。あれが夢なのか現実なのか、萌にもわからない。それに、直接そう言ってしまえば、宗一は傷ついてしまうような気がした。

「馬鹿なことを言う。馬鹿な……」

宗一の目が濡れている。萌が見つめていると、視線が絡まる。何か逸らし難い力のようなものを感じて、萌は宗一から目を離せない。言葉にしないだけ、宗一の瞳は雄弁だった。秘められずに溢れ出た感情のほとばしりが、萌をさらってゆく。

(宗一さま……)

このまま、この人と離れなければならないのだろうか。そう思えば胸は締めつけられ、息苦しさに目眩がしてしまう。自分は、この人ともっと一緒にいたいのだ。はっきりと、そう強く感じた。

萌の胸は激しい鼓動に高鳴っていた。見つめ合うだけで、指先までも甘く痺れていた。自然と、距離が縮まっていき、気づけば宗一は萌の上へかがみ込み、二人はぴたりと口を合わせていた。

「ん……ふ」

萌は甘く吐息した。それは唇を押し付け合うだけの、幼い口づけだ。けれど、触れ合った箇所から歓びがほとばしるように、萌は震えた。

熱いうずきが体の隅々までをも痺れさせ、萌は宗一にしがみつきたい衝動に駆られた。宗一の枕元に置かれた大きな手が、萌の肉体を愛撫してくれることを強く望んだ。

けれど、それらはすべて一瞬の惑いだ。発作的な情熱だった。すぐに宗一の唇は離れ、萌ははっと我に返る。うずうずと熱く火照る頬。大きく跳ねる鼓動。宗一も同じように頬を赤らめ、広い胸を上下させている。

宗一からの口づけを、萌は待ち望んでいたような気すらした。熱くうずく唇が震えている。萌は、今だけは心の唆すままに生きたかった。

「宗一さま……本当に、一緒には行けないの？」

思わず、縋り付くような声になってしまう。ようやく繋がりかけた宗一と、離れ難い気持ちがあった。

「俺は……ここにいるのがお似合いの存在なんだ」

宗一は、初めてその本心を吐露《とろ》するように、霞むように微笑んだ。その微笑みは萌の心を掻き乱し、萌は泣きたくなるのを必死でこらえた。

＊＊＊

時計の針が三時を回った。

興奮してろくに眠れなかった萌は、こっそりと動きやすいモンペ姿に身支度を整え、手《て》拭《ぬぐい》でほっかむりをして、足音を忍ばせて真っ赤な屋敷を出た。そして、手探りで門をくぐり、森のトンネルまで来ると、胸を弾ませ、こっそり拝借《はいしゃく》した懐中電灯をつけ、地面を照らしながら、つまずかないように注意して歩き始める。

宗一と離れればなれになってしまう。

あんなに悪態をつかれ、ひどいことばかり言われていたのに、どうしてあの人のことがこんなにも気になってしまうのだろう。

あの真夜中、涙を流し、必死で萌を求めてきた宗一が、彼の本当の姿であるように思えてならないのだ。宗一は萌を欲していた。そして、萌も、宗一を――。

萌は内心、あの儀式をしてもいいのではないかという思いに傾きかけていた。けれど、宗一は違う。宗一は、萌をここから出て行かせることに執心していた。儀式をしたくないと考えているのだ。だから、自分は逃げなければ。せめて、宗一の意に沿えるように。

心を千々に乱れさせたままようやっと森を抜けると、まだまだ空は暗い。夜が明けるのが早い夏とは言え、今はまだ三時を少し過ぎたばかりの時分である。さすがに村人たちもまだ寝静まっていると思われた。念のため懐中電灯を消し、月明かりを頼りに足音を忍ばせるように、小走りに田んぼに囲まれた道を突っ切ろうとする。

そのとき突然、萌の背中に声が投げかけられた。

「萌さまじゃねえですか」

萌は文字通り飛び上がった。心臓がばくばくとうるさく鳴り、全身の毛穴が開いて一気に冷や汗が噴き出した。怖々と振り向けば、大柄な熊のような男が、農作業をする風体で仁王立ちになっている。とても振り切って逃げ出せそうな状況ではない。

（どうして、こんな真っ暗な道に人がいるの？　いくら村人の朝が早いって言ったって……それに、懐中電灯は消したのに、こんな真っ暗な中で私を見つけて……まるで、ここで見張っていたみたいに！）

「どけえ行きんさる？」

「あ、あの……わ、私……」

「どねえした、次郎やん」

「あっ。萌さまじゃねんか」

萌がまごついているうちに、どこに隠れていたのか、どんどん男たちが集まってくる。

誰が用意していたのか懐中電灯がつけられ、萌は眩しい光の中に晒された。男たちに囲まれてしまい、萌はもう逃げも隠れもできない。すっかり怯えてしまい、口もきけないほどに震えている。

「萌さまが、こげえな時間にこねえな場所におるけえのう」

「松子さまのお言いんさった通りじゃ」

村人たちの言葉に、ひとつの疑問が氷解した。松子だ。松子が、萌が逃げることを見越して、こうして森の出口の辺りに村の男たちを配していたのだ。

「しゃあけど、どうして萌さまはそげえな格好で……」

「まさか、二十年前の楓さまのように逃げておしまいんさるつもりか」

誰かが呟くと、一瞬で村人たちの顔色が変わる。萌はギクリとした。村人たちは、萌の母が、そして萌が花嫁であることを知っていたのだ。

萌は初めて村へ入ったときの村人たちの神を拝むような振る舞いを思い出す。あれはきっと、萌が花嫁となるために帰ってきたとすでに伝え聞いていたからに違いない。

「そりゃあおえん！　二人続けてなんか、黒頭さまがお怒りになっておしまいんさる！」

「村はおしめえじゃ！　黒頭さまのお怒りで、村が滅びてしまうが！」

「そうじゃ、そうじゃ！　萌さま、お戻りくだせえ！　村のためじゃ、どうか！」

「ち、違いますっ！」

萌は震える喉を振り絞って声を上げた。

「わ、私、ただ、と、父さんの家が、こっそり、見たくてっ……」

「父さんの家……？」

咄嗟《とっさ》に出た方便だった。頭が真っ白で、自分でもなぜこんな嘘が口から飛び出たのかわからない。しかし正直に逃げることを話せば、どうなるかわからなかった。村人たちは顔を見合わせる。

「萌さまの父ちゃんゆうたら……水谷のか？」

「そうじゃ。じゃけど、水谷の家なんかもう跡形もねえじゃろ」

「えっ……？」

水谷の家が、ない。ということは、引っ越しでもしてしまったのだろうか。

「萌さま。お屋敷の方々に何もお聞きんさっておらなんだか」

萌は呆然とした目つきで首を横に振る。

「水谷の家は、長男が楓さまと逃げてしもうた後、おやじ、おふくろ、下の三人の子供らも立て続けに神隠しにおうてな。何しろ、楓さまを連れ去ったもんの家じゃけえ、宴を開くことも、壁を赤く塗ることも許されんで、そのままみぃんな黒頭さまのもとへ行ってしまいよったんじゃ」

「百姓の分際で、黒頭さまの花嫁を泥棒ゆうどうしようもねえことしたんじゃ、その代わりに家のもんらが責任をとって、黒頭さまをお慰めしたんじゃな」

「そ、そんな……」

つまり、萌の父の家族は、皆行方不明になってしまったということだ。この残酷な事実に、萌は慄然として、棒を呑んだように立ち尽くした。脳裏に、いつも寂しげな顔をして、昏い影を背負って過ごしていた父の横顔が蘇る。

きっと、父は知っていたのだ。自分が鬼の花嫁を連れ去ったために、自分の家族が犠牲になったであろうことを。それを承知で、母を連れ去ったのか。それとも、後でそのことに気づいたか。どちらにしろ、父は深い業《ごう》を背負っていた。あの陰鬱な、世間を拒絶した、うちに閉じこもったような閉塞感は、そのむご過ぎる罪を日々ひしひしと感じてのことだったのだ。

「さあ、おわかりんさったじゃろう。お屋敷へお戻りくだせえ、萌さま」

村人たちは、茫然自失となっている萌に呼びかける。萌はハッと我に返り、泣き出しそうに顔を歪めた。

「い、いや……」

父の家の顛末《てんまつ》を聞いて、村を逃げ出したい気持ちは、更に強まっていた。何が何でも、屋敷には戻りたくない。萌が抵抗する素振りを見せると、方々から男たちの無骨な手が伸びる。

「離して……離してえっ……！」

萌は無我夢中で逃げようとするが、気の立った村人たちにたちまち捕まり、抱え上げられてしまう。

(兄さま……！　兄さま、助けて!!)

萌は必死で兄さまを呼んだ。いつもならば、萌の体に危機が迫ったとき、必ず兄さまが助けてくれる。そう信じて、萌は兄さまを呼び続けた。

(どうして……？　どうして、兄さまは助けてくださらないの……)

萌の声は、届かない。やはりここへ来てから、決定的に兄さまとの距離は遠くなってしまっている。萌は、悄然として涙を流した。

「うわあああ――っ!!」

そのとき、突然の奇声とともに、何者かが飛び込んで来た。

「うお!?　なんじゃあっ!?」

「あっ！　こいつ、あのよそ者の……っ」

闖入者は何か棒のようなものを持って、無我夢中で萌を捕らえる村人たちを打ち倒して行く。

「萌さん、逃げろ――っ!!」

(石野さん……!?)

暗闇の中で顔は見えないが、その声で石野とわかった。なぜ、石野がここにいるのか。

そう考える暇もなく、萌は不意を突かれて狼狽える男たちの手を振り切り、必死で走った。

背後で石野と男たちの争う声、そして萌を追いかけてくる男の気配に怯えながら、萌はただ走った。

空が白んできた。もうすぐ夜が明ける。そうすれば、バスがやって来る――。そう安心しかけたそのとき。

突如、暗闇に赤い光が奔《はし》った。すさまじい絶叫が闇をつんざく。萌は思わず、後ろを振り返る。そこで、信じられないものを、見た。

(燃えて、いる……)

人が、燃えていた。数人の男たちが、炎に巻かれていた。石野なのか、村の男なのか、判別がつかない。

萌は、あの炎を見たことがあった。あの黒々とした地獄の炎。あの炎に巻かれていたのは――。

「萌さまっ……！」

気の遠のいた萌を、追いかけて来た男の腕が捕まえる。萌の網膜に焼き付いた赤の色は、萌が意識を手放しても、離れることはなかった。

＊＊＊

誰かが萌を呼ぶ声がする。

随分と遠くから聞こえてくるようなその声に、萌は重い瞼をようやく持ち上げた。

「萌。綺麗だね」

「兄さま……」

花園を背景に立っているのは、立派な紋付羽織り袴姿の兄さまだった。

男たちに囲まれていたとき、あれだけ萌が呼んでも来てくれなかった兄さまが、当然のように目の前にいることが奇妙だった。けれど、萌の心はそれを感じていないのだ。兄さまが今、仰々しい格好で突然ここへ現れたことに、何の疑問も感じていない。

そして、見てみれば、萌も文金高島田《ぶんきんたかしまだ》に結われた髪に白い角隠しを載せ、黒い振り袖につがいの鳳凰と桐や菊の花の刺繍が大胆にあしらわれた、豪勢な花嫁衣装をまとっているのだ。

「どうしてこんな格好を？」

「お前は花嫁なんだもの。立派な格好をしなくっちゃ」

「私……兄さまと結婚するの？」

「うん、そう」

兄さまは儚げな面差しに優しい微笑を浮かべる。

「お前はいやかな？　萌は僕と結婚してくれる!?」

「もちろんよ。私、兄さまとなら結婚したい」

ふいに、なぜか宗一の顔が浮かんだが、萌がそれを押し隠して微笑むと、少年は萌に寄り添い、頬に接吻《せっぷん》した。萌はうっとりとしてその口づけを受けながら、兄さまとの日々をしみじみと思い返している。

二人きりの、秘密の花園。目の覚めている間は何の意思も示せない萌が、兄さまにだけ心のうちを打ち明けられる、甘いひととき。

——兄さま。私、あの子が嫌いよ。

萌は大きな目に涙を溜めて、兄さまの柔らかな手を固く握って、切々と訴える。

——私をお稲荷様の階段から突き落とそうとしたの。もう少しで、私、転げ落ちて死んでしまうかもしれなかったわ。

——なんてひどいやつだ。

兄さまも、萌と同じように赤い目を潤ませ、憤慨している。

——きっと僕が、そいつに復讐してやるからね。萌に辛い思いをさせるようなやつは、誰だって許さない。

萌は兄さまの力強い言葉に、いつも安心してその胸に頬を預ける。

——そうさ、萌を泣かせるやつは許さない……。萌だけは、僕が守ってやるんだ。誰を犠牲にしたって、萌だけは……。

誰かに仕返しを決めたときの兄さまはとても怖かった。赤い目がいよいよ真っ赤に輝いて、地獄の炎のように黒々と立ち上るかのように見えた。けれど、萌はそんな兄さまが大好きだったのだ。誰も萌を守ってくれない。父親さえも、どこか遠巻きに見ているような、孤独な少女。そんな中で、兄さまだけは唯一萌の味方だった。萌だけを見守り、萌だけのために存在する、萌だけの王子様。

だから、復讐された相手が、どんなにひどいことになっても、それで萌がばけものと誹《そし》られても、萌は平気だった。だって、これは兄さまの愛の証なのだから。萌のために、兄さまがしてくれたことなのだから——。

「萌。これをお飲み」

兄さまは、萌に赤い杯を差し出した。

「これはなあに？　兄さま」

「お神酒《みき》だよ。僕たちが結婚することを、神様に誓うんだ」

「神様って？」

「僕たちのことだよ、萌。僕たちの中にいる神様だよ」

「それなら、私にとって、それは兄さまだわ」

「そう。それじゃ、僕は萌だ。お互いに誓おう」

「結婚することを、約束するのね」

「ああ、そうだよ」

萌は三つ組みの杯を、決まり通りに三三九度《さんさんくど》で飲み干した。喉を伝い落ちた神酒は胃の腑を火照らせ、萌をぽうっとさせてしまう。今、二人が夫婦になったのだと思うと、萌は不思議な気持ちがした。結婚とは、何なのだろう？　兄さまとは昔からずっと一緒にいるのだから、何も変わらない気がするのだ。

「これで、僕たちは夫婦だね」

「ええ、兄さま……嬉しい」

「僕もだよ」

どこかで大きな鈴を鳴らすような、シャンシャンという琳琅《りんろう》とした音が響く。

「こんなものは、もういらないね」

ふっと、萌の頭から角隠しが消える。結い上げた髪がはらりと落ち、重たい振り袖もすっかりなくなって、萌はたちまち薄絹だけを身にまとった格好で、少年の熱い肌に抱かれている。

「すまない……萌。せめて、きっとお前を、幸せに……」

＊＊＊

生温い湯に落ちる感覚。むんと匂う噎せ返るような麝香の香り。

全身をくまなく這う手の平。擦られる場所が火のように熱く火照る。荒い、切羽詰まった吐息が頬にかかると同時に、ねっとりと口を吸われる。

にゅるり、と入り込んだ濡れた感触に、萌の鼻孔から甘く息が漏れる。

熱い。熱い。

唇を、歯ぐきを、舌を吸われる快美な心地よさに、萌の体の奥の官能がうねる。肌を這い回っていた大きな手の平は双つのむっちりと実った乳房をゆっくりと揉む。しこった赤い乳頭をこりこりと転がされ、甘美な電流が下腹部へと走り、萌は呻いて腰をくねらせる。

(あ、あ……気持ちいい……)

夢中で舌と舌を絡ませながら、萌は体の下にあるなめらかな絹の敷布を悩ましく掻き毟る。愛撫する手の動きは次第に荒々しくなり、尖った乳首を執拗に吸われ、余すところなく皮膚を撫でていた手はやがて脚の間に入ってゆく。

(あ……あぁ……)

萌は仰のいて快楽に震える。濡れそぼつ花びらの合わせ目を擦られ、張り膨れた陰核の包皮を剝かれ、優しくそこを撫でられて、間欠泉のようにとろりとした蜜がほとばしる。

ぬるりと入る指の感覚は鈍い痛みを伴いながらも、萌の悦楽を壊しはしない。鼻孔に絡む濡れたような麝香の匂いを嗅ぎながら、萌は赤い唇を開けたまま、恍惚として肉体の悦びを味わっている。下肢から響く音は次第に大きくなり、萌は腹の奥にぽうっと赤い火が灯り、切なげに揺らめくのを感じた。

やがて、脚を大きく割られ、乾いた熱い肌が萌の柔らかな体を押しつぶす。ぱっくりと口を開いたそこへ滾《たぎ》る杭がずちゅりと音を立てて押し入ったとき、萌は鋭い痛みと共に、形容し難い、光の奔流がどうと身のうちに流れ込んでくるような、激しい衝撃を覚えた。

「あ……あ！」

押し流されまいとするように、萌はのしかかる肉体にしがみついた。分厚い背に爪を立て、筋肉に覆われた太い腰に脚を絡ませた。

侵入は尚も続いている。巨大な肉塊に体を裂かれながら、萌は四肢の先まで浸食されてゆくのを感じる。奥の院をぐうっと押し上げられ、その例えようもない激痛と、同時にこらえきれないほどの満ち足りた逸楽《いつらく》に、萌は全身を戦慄かせた。

（変わる……私が、私でなくなる……！）

萌を侵食するものは内側から蠢き始める。激しく揺り動かされ、心身を食い荒らされる暴力的な法悦《ほうえつ》に耽溺《たんでき》し、萌は本能から動物のように喘いだ。

「ああ……あ……！　ふうぅ……っ」

絡まってゆく。強靭な蔦が瞬く間に萌の肉を、骨を、心臓を絡めとり、絶妙な振動でもって揺すり立てる。

「ああっ、あ、ひぃ、あ、あっ」

柔らかな肢体を穿つ陽根は一層逞しく反り返り、うずく濡れた肉を火の噴くように捲り上げる。

「あ、あーーっ、あああーーっ！」

喘ぎは叫びとなり、萌は全身の毛穴から汗を滲ませ、重く熱い肉体の下でのたうち回る。曖昧な世界は真っ白に眩く輝き、その閃光の中に埋没した萌は、体中が蕩けてゆくのを感じた。

「はあぁ……あ、あぁぁ……」

萌の蜜のような甘い声を吸い取るように、熱い唇がぴったりと萌の口に合わさり、きつく舌を吸う。

「んぅ……ふ、うう……」

これが桃源郷というものなのだろうか、と萌は思う。すべての心のしがらみから解放され、未知の扉を開け放たれたかのような、肉体の快楽。汗に濡れた二つの体は境目もわからぬほどに混じり合い、延々と揺れている。

（あ……こんな世界が、あるだなんて……）

いつの間にか体を貫く軋るような痛みは消え、萌はただただほとばしるような逸楽の中にいた。快楽や愉悦とはほど遠かったこれまでの萌の人生には、想像もできなかった極彩色の魅惑の園。

――ああ、ここはどこなのだろうか。私は何をしているのだろうか。

そんな疑問は、次々に浴びせられる甘い歓喜の飛沫に搔き消されてしまう。けれど萌は、自分がこれに限りなく似通っている場所を知っていることに気がついた。

（そうだわ……ああ、ここは、まるで……）

「にい、さま……」

「……！」

息を詰める気配がした。それと同時に、萌の奥深くに、熱いほとばしりが放たれた。

「あ、あ……」

萌が陶然としてそれを受け止め、濃厚な麝香の芳香に酔い痴《し》れていると、頬に温かな何かが滴った。

「すまない……萌……」

掠れた声に耳朶を撫でられ、萌は忘我の淵からふっと舞い戻る。

目を開けば、真上から、兄さまの美しい顔が覗き込み、赤く光る目には涙を溜めている。

「お前が逃げられないかもしれないことは、わかっていた……おばあさまは儀式の内容を明かしておいて、お前をみすみす逃がすような人じゃない……わかっていたんだ……」

「宗一さま……」

萌は、少年の本当の名を呼んだ。

やがて、儚げな少年の姿は、成長し、逞しい青年へと変じてゆく。

(宗一さまが、兄さまだったの……？)

「すまない……お前は一緒に逃げようと言ってくれたのに……何もかもを、秘密にして……お前を、犠牲に……」

萌は、あまりのことに何も言えなかった。

ずっと感じてきた予感。けれど、それを拒んでいた萌の心。

萌の網膜には未だにあの炎の赤い色が焼き付いている。あの中に、石野もいただろうか。

萌を逃がそうとしてくれた石野。けれど、あの炎に巻かれてしまっては、もういけないだろう。あそこにいて欲しくはない。生きていて欲しいと心が焼き切れるほどに願う。

萌は滂沱と涙を流した。巻き込んでしまった石野への懺悔。そして、ある恐ろしい疑い。

それは、昏い炎の情念だ。その感触はあまりにもおぞましく、恐ろしいほど闇が深い。

けれど、萌はそれを見まいとした。見つめてしまえば、壊れてしまうと知っていた。

「すまない、萌、すまない……」

宗一は泣いて謝りながら、萌を再び揺さぶり始める。

「いや……やめて……」

萌は泣いて抵抗した。にわかに目覚めた意識が男と裸で抱き合っているという状況に本能的な拒絶を示していた。けれどそれはひどく弱々しい抗いだった。

萌の涙ながらの拒絶を、宗一は「すまない、すまない」と繰り返すだけで、がっちりと太い腕で押さえつけ、決してやめようとはしないのだ。

萌の心は二つの思いに引き裂かれている。触れないで欲しい、解放して欲しいと願う気持ちと、強く抱いて、すべてを忘れさせて欲しいと懇願する叫びと。

相反する心が萌の中で荒れ狂う。何も考えたくはなかった。もう苦しむのは嫌だった。没頭していたかった。すべてから逃げたかった。

宗一の激しい動きに意識を手放したとき、萌は昏い炎の記憶を捨てた——かつての、あのときのように。

＊＊＊

しばらくして、萌はようやく夢うつつの状態から覚めた。宗一に長襦袢《ながじゅばん》をそっと羽織らされ、遅れて自分があられもなく悶え抜いてしまったことを思い起こし、もえるような羞恥に消え入るような心地になった。

「萌……」

悲しげに掠れた宗一の声に、萌は思わず心の奥底の何かを引きずり出されたように、突

如怒りに包まれた。

「やめて欲しかったのに」

「すまない……」

「どうして、こんなことを……」

「萌……」

消え入りそうな宗一の声。萌にひどいことばかりを言ってきた、獣のような宗一が、気弱な声を出すことに、萌は罪悪感を覚えると同時に、ほんの少しかつて覚えたことのない歪んだ歓びを感じた。

「私を好きでもないのに、なぜこんなことをしたの」

「違う……俺は、お前が……」

「たくさんひどいことを言ったじゃない」

「許してくれ。これまで言ってきたことはすべて偽りだ。お前を村から追い出そうとして、必死だった。俺は、お前のことが……」

「嘘よ、嘘……私のことなんか……」

「萌！」

宗一はやにわに腕を伸ばし萌を抱き締めようとする。萌は弾かれたように身を捩った。

「触らないで！」

萌の叫びに、宗一は顔を歪ませる。捨てられた子犬のような顔。あの真夜中に見たのと同じ、縋り付くような顔。

そのまま泣いてしまえばいい。私に許しを請えばいい。永遠に。そんな自分でも信じられないようなひどい欲望に胸を突かれて、萌ははたと自分の浅ましさに涙をこぼした。

仕方がないのだ。宗一が悪いわけではない。萌にも、どうにもならない欲望に身を焦がされたあの感覚は生々しく残っている。今でさえ、その欲の残滓が肉体の隅々ににじみ出て、宗一が側にいるだけで奮い立つような心地になるのだ。

宗一から目を逸らした拍子に、萌の目はようやく周りを見回した。

見たところ、この八畳ほどの部屋は柱も壁も真っ赤な紅殻塗りを施されているのは桐生の屋敷と変わりない。だが、金細工を施された豪奢な祭壇や金糸の房を下げた赤雪洞《ぼんぼり》、五彩の豪奢な絵の描かれた折り上げ格天井など、贅を凝らしたどこか妖しさの漂う空間である。

「ここは一体……」

「地下の神殿だ」

「地下……ですって」

桐生家の神殿は、何と地下にあったのだ。

まさか地上でなく、地面の下にあったとは、想像もつかなかった。

「桐生家の敷地内にあるが、この場所を知っているのは桐生の血を受け継いだ、限られた者たちだけだ」

「出られないの……？」

「出られない」

宗一は虚しく首を横に振る。

「外から幾重にも施錠されている。この奥の神殿に黒頭と呼ばれるものの本体があるが……そこも同様に固く錠が下ろされていて入れない。俺たちは、これから一月、ここに閉じ込められることになる」

しん、と冷たい沈黙が落ちる。萌はようやく、自分の置かれている状況を理解し始めた。村からの逃亡が失敗し、村人に捕らえられて屋敷に担ぎ込まれ、すぐにここへ運ばれたのだろう。

ついに、逃げる道は閉ざされてしまったのだ。

「儀式が……始まっているのね」

「ああ……。そうだ」

「食料は……？」

「定期的に運ばれてくるはずだ。その扉の下の小さな窓からな。欲しいものがあれば、そのベルを押せばいい。厠《かわや》もあるし風呂場もある。この狭い部屋で生きることはできるが、外には出られない」

　指し示された場所を見れば、確かに襖の一角に外側から開く仕様の戸が備え付けられている。しかし、膳がようやくひとつ通るほどで、人間は出入りできないようだ。

「これから俺たちは毎晩交わっていなければいけない……毎晩といっても、この地下では昼夜の別もないが」

「ま、毎晩って……どうして？　そんなの、外の人にはわからないのに」

「萌。ここから出られないことは言っただろう」

　宗一は澱んだ目で固く施錠された戸を眺めた。

「俺は、お前が側にいると堪え切れない……こんな部屋に二人で閉じ込められて、耐えることは無理なんだ」

　萌は薄い襦袢の胸を掻き集めて絹布団の上で縮こまる。この、抗い難い麝香の香り。その魔力は、萌にも十分にわかっている。けれど、意識のはっきりしない間に純潔を破られた衝撃は深かった。そして、これからも続けなければならないという当人の意思を無視した現実に、萌は思わず涙をこぼした。

「でも、私……そんな……そんなのって……」

「すまない、萌……」

　宗一はただ謝り続ける。宗一に非はないのに、萌は責めるような言葉を口にするのをやめられない。

「私が、あなたを拒んだらどうなるの」

「…………」

「力づくで犯すの。さっきのように」

宗一は痛みをこらえるように顔を歪ませる。青ざめた表情の哀れさに、萌は込み上げた愛おしさを堪え切れなくなり、衝動的に宗一に縋り付いた。

「ごめんなさい、嘘よ、嘘よ……もうあなたを拒んだりしない。ほんとよ……」

「萌……」

萌は宗一の逞しい胸に涙に濡れた頬を擦りつける。宗一の心を弄ぶようなことをする自分に呆れていた。ひどく悪い女になったような気持ちで、それを懺悔するように宗一を真っ直ぐな目で見つめた。

「あなたは……本当に、兄さまなの」

「ああ。……信じられないのも、当たり前だ」

「どうして、最初に言ってくれなかったの」

「俺は名乗るつもりはなかった。お前には何も知らせないまま、追い返すつもりだったからな」

宗一は自嘲的な笑みを浮かべ、小さく頭を振る。

「だが……本能の欲求には抗えなかった。実際のお前を目の前にした瞬間に、俺の心は決まっていたのかもしれない」

「本当は、最初から、逃がすつもりなんてなかったってこと？」

「ああ。……俺は最初にお前に忠告をした。けれど、お前は自らの意志でここへやって来たんだ。やって来た後も、俺はお前に帰れと言い続けた。しかし、こんなことになるまで残っていたのはお前だ。だから、仕方がない……そう自分に言い訳をしていた。お前を本気で逃がそうとしていない、自分自身に……」

　宗一の言っていることは正しい。すべては、萌の選択の結果なのだ。けれど、萌を知り尽くしている宗一は、萌がどう行動するのかわかっていたのに違いない。

「やっぱり……宗一さまは兄さまだわ。優しいのに、意地悪なところが同じ……」

　萌はそっと宗一の太い首筋に鼻先を埋めた。その肌から匂う、馥郁たる麝香の香り。萌は半ば酩酊《めいてい》状態に落ちながら、現実の世界で兄さまとこうしていることを不思議に思った。

萌は深くため息をついた。

「でも……あなたが、兄さまでよかった」

「夢の中の姿でなくてもか」

「ええ。私、あなたの目の前にいるとずっとおかしくて……自分がひどくはしたなく思えていやだった。それに、私、あなたのことを考えてばかりで、兄さまのことを忘れていたときがあったの。兄さまを裏切ったような気がして、苦しくて……でも、あなたは兄さまだった」

「現実の俺が、本当はどんな男かわかっても、『兄さま』を好きでいられるのか」

「兄さまは、私に嫌われたいの？」

悲観的なことばかり口にする宗一を、萌は軽く睨みつけた。

「ええ、最初はいやだった。怖かったわ。突然人を蹴ったり、怒ったり、乱暴になったり……野蛮な人だと思った。獣のような人だ、って」

「獣か」

確かにそうだな、と宗一は苦々しく笑っている。

「夢の中の兄さまとは全然違うと思ったんだな」

「そう思った。だけど……考えてみたら、していることは同じだったのね」

萌をずっと守ってくれていた夢の中の兄さま。兄さまが使うのは不思議な力で、宗一が使うのは実際の腕力。萌のことをずっと見ていたのも同じなのだ。夢の中でしか会えなかったから気づかなかったけれど、兄さまは元々萌以外の人間に対して、ひどく残酷だった。自分自身にその自覚さえないようだった。だから、優しく見えたのだ。兄さまは、萌だけが飼いならせる獣。そう思うと、萌はますます兄さまが愛おしくなるのだ。

「兄さま……私、嬉しいのよ。今は、本当にそう思うの。目を覚ましているときにも兄さまが側にいて、こうして触れられるってこと……」

萌は宗一の胸に頬ずりをする。温かい。皮膚の下には血の道が通い、心臓が脈打っている。宗一は逞しい腕で萌を抱き締めた。

「俺も……ずっと昔から、お前をこうして腕に抱きたかった」

「ずっと一緒にいたのに、実際に触れ合えなかったなんて、不思議ね」

「ああ……」

「兄さまはなぜ、夢の中に出てきてくれたの？　私の見るものをすべて知っていたの？」

「それは――」

宗一は目を細め、愛しげに萌を見る。

「お前の目は俺の『目』だからだ。お前が見るものはすべて、俺の目にも映っている」

「え……」

萌は宗一の目を見つめた。今や宗一の瞳は暗く戻っているが、赤い燐光《りんこう》のようなものがしばしば奥に光って見える。

「お前も気づいているだろう、萌。お前の目の赤い部分と、俺の目の赤い部分は、合わさって丁度二つの目になる。つまり、お前のその目は、俺の目でもある。だから、惹かれ合う……お前の目が赤くなったとき、更に惹きつける力は強くなる」

「でも……それじゃ、どうして私には兄さまの生活が見えなかったの？」

「お前には、欠けた目しかないからな……俺の世界を見ることはできない。ただ、お前を害する者を祓うくらいが関の山だ」

「あ……それじゃ……」

もしや、これまで萌をいじめていた子供や、萌を犯そうとした男など、萌に危害を加えようとした者たちが散々な目にあっていたのは、萌自身の目の力だったというのか。

「俺はお前の目からお前の生活を見て、確かにお前を守ろうとしていた。力を発したのは俺の意志だが、力そのものはお前のものだ」

萌は愕然とした。目の色だけではなく、萌は真実、「ばけもの」と呼ばれるに相応しい、人ならざるものを持っていたのだ。

「お前の父親がお前に何も明かさなかったのは、俺の目が娘の目を通してすべてを見ていることを知っていたからだろう。本当なら、俺はお前の場所を簡単に特定することができたんだ。だが、なぜか追手が来ないので、それを不思議に思っていたとは思うが……」

「父さんは、この家のすべてを知っていたの？　だから、母さんを連れ出したの？」

「すべて……とは、思わない。だが、どういうわけかある程度の秘密を知ったんだろう。そして知ってしまった以上、村にはいられなかったのだと思うが……」

父は一体どこまで摑んでいたのだろうか。村の地主の娘との許されない恋の果てに、彼女が他の男に犯される運命を知って、たまらず連れて逃げたのだろうか。

それにしても、この目のことまで知っていたとなると、娘に監視されているような心地だったことだろう。そう思うと、萌は悲しくなってくる。

「兄さま……この目は何なの？」

萌は自分の左目を押さえた。ここにそんな力が宿っていたとは考えもしなかった。ただ気味の悪い色だと思っていただけだったのに。

「人に災いを吹きかけたり……目を介して自分がいない場所を見たり……どうして、そんなことができるの？」

「……桐生家の、呪われた血だ」

宗一は無感情な、平坦な声で呟く。

「桐生の本当の字は、『鬼生』と書く。文字通り、鬼の生まれる家なのさ」

桐生家

　萌は、目を瞠った。

　桐生の字は、本当は鬼が生まれると書く、などという恐ろしい事実に慄然として震え上がった。

「鬼が生まれるって、どういうこと……」

「明確な理由は俺にもわからない。ただ、鬼の呪いとだけ伝え聞いている」

「鬼の呪いって、平安時代に桐生家の始祖が倒した鬼の？」

「そうだ」

「あ、それじゃ……それは黒頭さまじゃない。守り神が守るはずの家を呪っているの？」

「本来は呪って当然のものだ。そうは思わないか？　鬼はこの家の始祖に退治された。この家を呪いこそすれ、なぜ守る必要がある」

「そ、それは……」

「人々は荒ぶる存在を鎮めるために祀り、崇め、そしてそれをいつしか人の願いを叶えるものとして位置づける。身勝手な……おかしなものだな」

　宗一の皮肉な物言いに、萌はあの部屋にあった膨大な鬼に関する書物を思い出す。宗一は、必死で鬼とは何なのかを追い求めていたに違いない。

「神はそもそも禍福《かふく》をもたらすものだ。元々神も鬼も、人知を超えたもの、人ならざるものとして明確な区別はなかった。人は何が潜んでいるかわからぬ暗闇を恐れるように、神を恐れ、鬼を恐れた……つまり、理解できぬもの、異形のものを恐れたんだ」

「異形の、もの……？」

「俺は……この奥の神殿にある黒頭と呼ばれる鬼は、かつて人間ではなかったかと考えている」

　萌は思わず、あっと声を上げた。頭から杭を打たれたかのような衝撃が走る。

　それはまさしく、萌が夢に見たあの光景のことではないのか。

「この家の言い伝えでは、『山から下りてきた人喰い鬼』を退治した、とある。俺はそこから、この『鬼』というのが、隠喩ではないかと考えた」

　萌も松子からその話を聞いた。山から下りてきた鬼を退治し、桐生家の始祖は英雄となったのだ、と。

「古来、山には平地に住む人々とはまったく別系統の世界に住む者たちがいる。また同時に、平地を追われ、山に逃げ込んだ人々もいたはずだ。罪を犯したり、または差別的な理

は……」

「山には、人も住んでいたの……？　それじゃ、桐生家が退治した、山から下りてきた鬼は……」

由によってな」

「様々な理由で差別を受けてきた人間だと、俺は考える。長い間乞丐《かたい》と呼ばれ理不尽な扱いを受けてきた階級の者たちだ。禍々しきもの、口にしてはいけないものの総称が鬼だった時代、差別されてきた者たちは人間ですらなかった……」

萌は雲行きの怪しくなってきた話に息を呑む。松子の語っていた話には、更に闇の深い秘密が内包されていたというのだろうか。

「俺は、鬼などというものははなから信じちゃいなかった。だから、調べた。昔からの書物に書かれた鬼たちは、すべて忌まわしいものの隠喩だ。権力、陰謀、疫病、飢饉、天災——それらをはっきりと明言できないときに、『鬼』という存在を使ったに過ぎない。そんなもの、本当はいなかったんだ」

「で、でも……兄さまや私のこの妙な力は、どうやって説明するの」

「それこそが呪いなんだよ」

萌の肩を抱く手に力が籠る。

「どういった理由で桐生の人間が山から下りてきた『鬼』を退治したのかはわからない。それで英雄になったというのだから、その『鬼』は相当憎まれ疎まれていたんだろうな。

だがそれと同様に、『鬼』も人間を憎んでいた。その結果が、この呪いだ。人の行いが、鬼を生んだんだ。人間が本物の鬼を創ったんだ」

宗一は、本当は鬼などいなかったと言う。だが、人の行いが鬼を創ってしまったのだと……鬼を生んでしまったのだと言う。

萌はその説を、荒唐無稽だとは思わなかった。なぜならば、すでに実際、自分自身の目でその光景を見ているのだから。

「兄さま……実はね、私……それを、夢で見たのよ」

「何だって？」

「ここへ来た翌日、庭を歩いていて……赤い鳥居が見えたものだから、そこをくぐってみたの。そしたら……平安時代の建物が見えて……その後に、村を焼かれる哀れな人たちが見えたわ……」

「……それは本当か」

「嘘なんかつかない……。私、ずっとただの夢だと思っていたの。でも、今兄さまのお話を聞いていたら、なんだか怖くなって……」

宗一は食い入るように萌の顔を見ていたが、「そうか、お前が倒れていたあのときに……」と低く呟き、何かを納得するように頷いた。

「お前はきっと、黒頭にその夢を見せられたんだな」

「黒頭さま、に？」

「お前が鳥居を見たと言った場所……実はその地下に、丁度黒頭の安置されている神殿があるのだ。だから、あそこを歩くなと言った」

萌はぎくりとして、思わず宗一の胸にしがみついた。松子も、それを知っていた。だから、萌が何かを見たのではないかと訊ねてきたのだ。

「どうして、私にそんなものを」

「わからない。お前が、花嫁だからなのだろうが……。この家の者に呪いをかけるほどの鬼だ。何を見せても、不思議じゃない」

「呪いって……桐生家に鬼が生まれるっていう……？」

「……そうだ」

「それじゃ……私も、兄さまも、鬼ってこと……？」

「違う」

宗一は強く否定する。

「鬼は、俺だけだ。萌はただの花嫁なんだ」

「でも、兄さまも私も、目の色とその妙な力は同じでしょう？　私が、兄さまの目になれないというだけで……」

「違う。違うんだ、萌」

宗一はもどかしげに首を横に振った。そのどこか必死な、辛そうな様子に、萌は戸惑う。宗一は、何を言おうとしているのだろうか。それは容易に口にはできないことなのだろうか。

何かを考えあぐねている様子で、宗一は口ごもる。

「呪いというのは……本当の、呪いは……」

そこで、突然、宗一はがっくりと項垂れた。

「ああ、だめだ……。腹が……」

「兄さま、具合が悪いの？」

心配になって顔をのぞきこむ萌に、宗一は首を横に振る。「すまない、ただ腹が減っただけだ」と力なく笑う。

「食事が欲しいの？　それじゃ、ベルを……」

「違う。俺は、普通の食では満たされない」

壁のベルを押そうとした萌を、宗一は切羽詰まった様子で引き止める。

「お前が食べたい」

「え……」

「喰わせてくれ……頼む」

宗一は萌を抱き寄せる。呼吸が荒い。萌の腰骨に、すでに固くなった宗一のものが当たっている。萌の顔は、火を噴くように熱くなる。

「に、兄さま……」

「お前が側にいると、俺は堪えられない……お前をむさぼりたくて仕方がないんだ、萌……」

「わ、私……どうすればいいの」

「何もしなくていい……ただ、俺に身を任せてくれ……」

やにわに、宗一は萌を押し倒す。襦袢が肩から抜け、細い胴体からこぼれ落ちそうな双つの乳房が重たげに揺れる。

宗一は性急にのしかかり、萌の口を吸う。宗一の麝香の香りと舌を絡められる快さに、萌はすぐに昂り、熱くなる。まるでそれを知っているかのように、宗一はすぐに押し入ってくる。

「ふぅ、んう……っ」

先ほど交わったばかりの膣はまだ濡れて柔らかだ。そこを再び熱く太い杭でこじ開けられて、萌は四肢の先まで快感をほとばしらせた。

「萌……萌……っ」

「は、あ、ぁ……兄さま……」

宗一はがむしゃらに腰を振る。じゅぼっじゅぼっと大きく響くみだらな水音に萌はますます火照り、蜜はしとどに漏れてしまう。

「ああ、萌……お前と交わっていれば、俺は人でいられる……俺は、それがとても嬉しい……幸福なんだ……」

延々と萌の舌を吸いながら、宗一は陶然として熱い息を吐く。

「俺の花嫁……本当は、俺はお前がここへ来ることを激しく渇望していた……全身がお前を求めていた……けれど、それを必死で抑えて……幼い頃から見てきたお前を、鬼の花嫁になど、したくなくて……」

「に、兄さまの……花嫁……？」

萌は混乱した。自分は、黒頭さまという鬼に捧げられる花嫁なのではなかったのか。こうして宗一と交わっているのは、鬼に気の満ちた髪を捧げるためではなかったのか。

夢中になっている宗一が無意識にこぼした言葉に、萌は惑わされている。

（もしかして……私の聞かされた儀式というのは、本当のことじゃない……？　それじゃ、儀式って一体何なの？　何のために私はここにいるの……？）

頭の中が嵐のように掻き乱されている。けれど、宗一に激しく揺すぶられ、まともにものを考えることができない。

「ずっとこうしていたい……お前を、あの黒い鬼になど渡したくない……」

「あ、あぁ、兄さま、あ……っ」

宗一に抱かれているだけで、萌は飴のように蕩けてしまう。皮膚の下の血の道が膨れ、毛穴から汗を噴き、吸われる舌の根が戦慄き、赤く光る瞳は官能の涙に濡れている。

(ああ、私、兄さまに抱かれている……夢でしか会えなかった兄さまに……宗一さまに……)

宗一の逞しい体に指を這わせ、萌は感じ入っている。

ぴたりと合わさった肌の心地よさ。口吸いの合間に味わう吐息の生々しさ。萌の呼吸まで吸い取ろうとするような荒々しい口づけ。濡れた舌の動き。熱い汗のぬめり……。

(男女の交わりとは、こんなに激しいものなの……? ああ、これでは夢中になってしまう……戻れなくなってしまう……)

入り口を引き裂いてしまいそうなほどの太さに、奥を重く押し上げ、口から出そうなほどの長さ。鋼鉄のような固さが萌の熟した膣肉をいじめぬき、反り返った幹と大きく笠を張った亀頭が、うずく蜜壷の隅々までを乱暴に掻き割り、無惨に暴き、肉体の内側から萌を悶え狂わせる。

「はぁ……ああ、萌……気持ちいいか……?」

「いい、いぃ、兄さま……」

「もっと感じてくれ……お前が心地よくなるだけ、俺は嬉しい……腹を満たされ、幸福感を得る……ああ、もうお前を手放せない……!」

宗一はぐっと萌の膝の裏を押し上げ、膝を肩につくほどに体を折り曲げて、上からずんっと一物を埋めた。

「んひっ、ひぃぃぃ、あ、あ、あはあ、あ、んうう！」

あまりの深さに萌の目が裏返る。目の前が真っ白に弾け、萌は大きく絶頂に飛んだ。

「くうっ……萌、いいのか、萌……っ」

「はう、あ、は、に、さまあ……」

ろれつが回らない。萌は夢見心地で涎を垂らす。

ずぽっ、ごぽっ、ぐちゃっ、と音は更に露骨になり、溢れ出た生温かな蜜は萌の顔にまでしぶく。乾くことを知らない萌の花芯は尽きることのない泉のようにこんこんと愛液を溢れさせる。

男女の交歓など何も知らずにいただけに、萌の変貌はすさまじい。一人きりでいるときにひどく大胆に振る舞うように、理性が飛んでしまえば、萌はどこまでもみだらになれる娘だった。ましてや、ここには兄さまと二人きり。誰も見ている者などいないのだ。

「んっ、うう、いい、あぁ、すごいぃ……」

「あ、ああ、は、萌、ひどく、締まるっ」

「んう、ああ、だって、兄さま、気持ちよくて……」

萌の肉体はもっと宗一を味わおうと貪欲に男根を締め付ける。宗一は額に汗の玉をいくつも浮かせて、うずく頬を震わせて法悦に喘ぐ。瞳はいつの間にか再び真っ赤に染まり、悩ましく潤んでいる。

萌には、長いこと情を育んできた儚げな兄さまと、立派な成人男性である宗一の顔は最初重ならないと思えたが、こうして切なげな表情を見ていると、やはり同一人物なのである。

月日が人の顔を作り上げるのは、生きる過程で経験や制約を覚え、理性の壁を築くからなのだろう。一度それが取り払われてしまえば、そこには無垢なままの剝き身の表情が現れるのだった。

「はあっ、はあっ、あぁ、萌……！」

「ああっ！　あ、ひぅ、ん、にい、さまあ、あ、あっ」

長いこと萌を蕩かせていた動きを速め、数度大きく叩き付け、最奥に埋めたまま、宗一が震える。亀頭が膨れ、精がほとばしる。奥の院に、余すところなく注がれてゆく。

萌はぽっかりと口を開けたまま、その甘い快さを味わっていた。太いものが肉体の奥でびくんびくんと蠕動《ぜんどう》する度に、痺れるような快楽を堪能した。

「あぁ……兄さま……」

「萌……」

宗一は最後まで萌の中でしぼり切ると、萌を固く抱き締め、もえるような口吸いをする。

萌も舌を絡めることを覚え、宗一の口内に忍び込み、その上顎をなぞったり、歯の裏を擦って遊ぶ。

この交わりは、夢の中の花園で戯れていたあの時間と何ら変わりない。夢の中で少年と少女だった二人が現実に戻り、こうして肌を合わせて愉しんでいるに過ぎないのだ。

「お前がこんなに魅惑的だったとはな……」

「私……そんなんじゃないわ」

「男なら誰もがお前に蕩かされるさ。これまでだって、何度も危ない目にあってきたじゃないか……あの民俗学者だって、きっとお前を……」

過去に襲われそうになったことを言っているのだろうか。けれどそれは、自分が大人しそうで思うままになりそうだったから、獲物として狙われたのだ、と萌は思っている。そして、石野のことも、宗一は勘違いをしているのだ。石野はただ萌に親しみを抱いていただけに過ぎない。けれど、人と交わって来なかった宗一には、感情の区別は判断できないのかもしれないとも思う。

「俺はその光景をお前の目から見る度嫉妬で狂いそうだった……自分でもおかしいと思うほど心が焼け爛れてしまうんだ……お前を奪おうとするもの、お前を傷つけるものに対してはすべて……」

宗一の赤い目が、復讐を決意するときのように轟然《ごうぜん》と黒い炎を揺らめかせる。萌はその凶暴な炎に体の奥が熱くうずくのを感じる。

「でも……兄さまが守ってくれた」

「お前は俺の花嫁だからな……他の男に、絶対に触れさせてなどやるものか」

宗一は萌の乳房を揉み、熟れた乳頭を口に含む。

萌は甘い吐息を漏らしながら、また宗一が「俺の花嫁」と言ったことを気にしている。

「私……兄さまの、花嫁なの？」

「そうだ」

左の乳頭を舌で転がしながら、右の乳輪を指でなぞり、指の腹で擦り上げる。甘い悦びが、乳房の先端から子宮へと突き抜ける。

「あ、ぁ……でも、黒頭さまの、と……聞いたのに……」

「俺は……桐生家の当主は、『生き神』と呼ばれる……五百年毎に鬼の呪いで生まれる鬼だ……お前は、鬼の花嫁……黒頭と、黒頭の呪いから生まれた俺の、花嫁だ……」

「んっ！　はうっ」

きゅうっときつく吸われて、腰が跳ねる。くちゅり、と触れられてもいない下腹部がみだらに鳴く。

宗一の唇はだんだん下へと下がってゆく。臍の窪みを舐め、叢をそよがせ、先ほどの交合に開いたままのそこへ近づいてゆく。

ぬるりと濡れそぼつそこに舌を這わされ、萌は仰のいた。

「血の味がする……」

「でも……もう、痛くはないわ」

「お前の、破瓜の血だ……俺がすべて舐めとってやる」

「そ、そんな……あ、ああ……」

股の間で宗一の頭が動いている。高い鼻先が陰核をくすぐり、濡れた舌が繊細な動きで花びらの合間を丹念になぞっている。

「ああ、はぁあ、に、さまあ」

「後から後から溢れてくるぞ……ふふ、萌は素直な子だな……」

「あ、だって、兄さまが……あぁ」

ぬるぬると飽くことなく這わされる舌。刺激されてまるまると勃起した陰核に吸いつかれ、萌はいよいよ甲高い叫びを上げる。

「はあ、はあ、ああ、だめえ、兄さまっ」

「このままいって……我慢しなくていい」

ひくつくそこに指を埋められ、恥骨を揺すぶるように小刻みに刺激される。粘膜《ねんまく》に埋まった敏感なしこりを幾度となく押し上げられ、萌はたまらず宗一の頭を太腿で挟んで痙攣した。

「ふあっ、あ、あぁぁ……！」

「ああ……たくさん、漏れてきた……」

宗一は花びらへ唇を合わせ、大きく音を立ててこぼれた蜜を啜《すす》る。

「あ、あ……はあぁ……」

絶頂は尾を引いて、数度萌は腰を大きく跳ねさせた。宗一が喉を鳴らす音を立てる度、頬がうずうずと火照り、愛液がじゅわりと滲む。

「美味しかったよ、萌……」

ようやく顔を上げ、恍惚とした顔で舌なめずりをする宗一に、萌は目を潤ませる。

「兄さま……今度は私が……」

「無理をしなくていい」

「無理じゃないの、したいの……」

萌は起き上がって宗一の股間に顔を近づける。そこはすでに猛っていて、先端の窪みに露を滲ませて揺れている。

「兄さまの……こんなに大きいのが、入っていたのね……」

顔を寄せると、蒸れた宗一の体臭が濃く立ち上る。くらりと酩酊するような陶酔に、気づけば萌はそれをぬるりと咥えている。

「ん……ふぁ……」

「咥え、きれないだろう……？　頑張らなくて、いいからな……」

　宗一の大きな手が萌の髪を掻き混ぜる。確かに口を限界まで開けてようやく入るほどだけれど、どんなに苦しくても、萌には止める気はなかった。

（ああ……兄さまの、これ……咥えているだけなのに、すごく気持ちがいい……）

　萌は宗一の肉体を受け入れることは、どんな形でも快楽に変わってしまうのだと気がついた。最初に腕を摑まれたときも、寝ぼけた宗一に抱き締められたときも、手を握られただけのときでも、萌の体には通常では考えられない変化が起きていた。

　これが、鬼の花嫁ということなのだろうか。二人の瞳を合わせて二つの目が完成するように、二人の肌が合わさったとき、それはひどく大きな充足感を生むものらしい。

「ふう……んぅ……ん、ん……」

「あぁ……萌、あ、大丈夫か、そんなに、深く……」

　萌は夢中で宗一を頬張っていた。笠に唇を引っかけるのも楽しく、喉の奥までずっぽりと含んで、奥でくぽくぽと音を鳴らすのも面白い。

　何より、舌が、唇が、ひどく心地いいのだ。もっとこれを育てたい、もっと味わいたい、という気持ちに急き立てられるようである。

「んう、ふう、ふう」

「あ、ああ、萌っ……そろそろ、いけない……離してくれ……」

陰茎は一層固く太く膨れ上がる。萌は恍惚の涙を浮かべて、激しく責め立てる。

「く、ああっ、あ」

宗一にもっと声を上げさせたい。もっと感じさせてあげたい。その一心で、咥え切れない幹を指で擦り立て、その下の双つの膨らみを優しく愛撫する。

愛おしくてたまらず、頬全体を使って強かに吸い上げると、とうとう陽根が爆《は》ぜた。

「あっ……、あ、ぁ……」

「ん……んく、んふ……」

萌はそれを喉の奥で受け止め、余さず嚥下《えんか》する。ねっとりとした粘液が喉に絡み、生理的に嘔吐《えず》くその感覚すら心地よかった。

「萌……全部飲んでしまったのか？」

「だって……兄さまのすべてが、欲しくて……」

顔を上げると、宗一は上気した顔で苦笑している。

「大人しくていつも下を向いているような子が……大胆になったな」

「兄さま、私のすべてを見ていたなら、知っていたくせに」

「ここまでとは思わなかった」

宗一は甘く囁き、萌を抱いて深く口を合わせた。萌の破瓜の血を含んだ舌と、宗一の精を受け止めた舌が絡み合う。放ったばかりの宗一の男根は瞬く間に反り返り、萌の濡れた花びらは赤々と火照る。

　二人は赤い目を見つめ合わせ、呼吸のかかるほどの距離で囁き合う。

「萌……また、いいか？」

「ええ……私も、欲しい……」

　宗一は絹布団の上に萌をうつ伏せに寝かせ、腰を引き立てる。入り口に先端が押し当てられたと思ったら、一気に大きなものがずっぷりと最奥まで埋まってしまう。

「ううっ！」

　これまでと違う角度からの挿入に、萌は大きな声を上げる。

　宗一は荒く息を吐きながら、大きな動きで叩き付ける。

（お、奥がっ……あ、ああ、すごいっ）

　押しつぶされた乳房に息苦しさを感じながら、萌は容赦なくどすどすと奥を抉られる衝撃に目を見開いた。

「はっ、はあ、あう、あ、あっ！」

「く、あ、あぁ、萌、萌っ……」

　ぱんぱんと肉と肉の激しくぶつかる音が響く。すさまじい出し入れを繰り返され、夥しい愛液がぐちゃぐちゃと鳴って辺りに飛び散る。

　動物的な体勢で後ろから犯される興奮に、萌はあられもない声で喘いだ。

「ああっ、あ、兄さま、ああ、もっと、もっと頂戴っ」

「萌っ、はあ、ああ、こうか、こうか」

「ひい、あ、お、ああっ、そ、そう、いい、気持ちいいっ」

細い指が布団を掻き毟り、萌は本能のままに逸楽をむさぼった。

奥を穿たれる度に、腹の底から熱い快楽の飛沫が弾け、指先、爪先まで染み渡ってゆくのだ。立て続けに突かれればたちまち萌は絶頂に落とされ、夢の如き無何有郷《むかゆうきょう》を彷徨《ほうこう》する。

もうこの遊興の前にはたしなみも何もなかった。大きな快楽を得るには、羞恥心などかなぐり捨てることが肝要と、萌は本能で知っていたのだ。

宗一は萌の細い腰をがっちりと摑み、無我夢中で腰を振っている。萌が絶頂に至る度に、奥がぐうっと下がり、細かな痙攣が男根を食い締める。その度に、えも言われぬ快美な幸福が、美酒に酔い痴れるような陶酔が、宗一の全身を血の巡りと共に駆け抜ける。

「ああ、萌、萌っ……何度も、達して……これが、好き、なのかっ……」

「んう、ん、あ、はあ、好き、兄さま、兄さまとなら、何でも、ああ……っ」

とろとろに蕩けた媚肉が、濡れた細かな襞で宗一の太魔羅《ふとまら》を舐めしゃぶる。もっともっとと白い柔らかな裸身をくねらせ、豊かな黒髪を濡れた肌に張りつかせ、蜜のような蕩けた声で盛んに喘ぐ。

萌の無意識の、本能の動きはすさまじく男を煽り立て、獣の欲を引きずり出す。

「ああう、あ、はああ、また、太くっ……」

　中で一層膨れ固く反った男根は、一瞬で萌を忘我の淵に引きずり込む。

「はあ、あぁ、すごい、兄さまっ」

「うう、ぐ、萌っ、あ、あ」

　宗一の萌の腰を摑む手がぬめってすべる。萌はいつしか自ら宗一に腰を押し付けるように尻を突き出している。

「あんっ、あ、ああっ、はあっ」

　激しい衝撃が幾度も腹の奥で弾け、子宮を切なく収縮させる。叫び過ぎて声が嗄れているけれど、声は止まらなかった。ずぶ濡れになった内股を引き攣らせながら、萌は全身で宗一を感じていた。

「ああ、ああ、ひん、あ、ああ」

「くうっ、あぁ、萌っ、また、出る……」

「ああ！　頂戴、兄さまを頂戴っ！」

　萌が高く叫ぶと、宗一は弾かれたように獰猛な動きで萌を責め立てる。ばちゅばちゅと激しく濡れた肌のぶつかり合う音が飛び、萌は一瞬自分が粗相をしたのかと思うほどのほとばしりを下腹部に覚えた。

「ひい、ぃっ、あ……」

萌は目を白くして痙攣する。膣肉が激しく波打ち、限界の亀頭は容赦なく揉まれ、宗一は太い腰を戦慄かせ、鯱張《しゃちほこば》った。

「萌っ……！　あっ……くぁ……っ」

どぷ、どぷ、と濃厚な精が大量に注がれてゆく。萌は絶頂のうちにその温かさを感じながら、ごぽりと粘ついた体液を漏らす。

激しい交合に、二人は折り重なって布団の上に倒れた。どくどくと忙しなく脈打つ宗一の鼓動を感じて、萌はうっとりと目を伏せる。

宗一の男根は未だ猛っていた。貪欲に膨れ上がり、濡れた萌の尻の狭間をぬるりとなぞっている。熱い呼吸が切なげに震えた。

「萌……ああ……もっと、抱いてもいいか……」

宗一の接吻を受けながら、上気した頬に随喜《ずいき》の涙をこぼし、萌は頷くのだった。

＊＊＊

どのくらい交わっていたのだろうか。

さすがに疲れ果ててくたくたになって宗一の胸に体を預けていた萌は、くすぶる欲の名残を舐めながら、甘い麝香の匂いを胸いっぱいに吸い込んだ。

「兄さま……いい匂い」

「そうか……。お前も、甘い香りがする」

「私も……？　でも、兄さまは、野良犬って言っていたじゃない」

「すまない、あれも嘘だ。実際に出会ったときから……いや、お前がこの屋敷に近づいてきたときから、俺はこの目も眩むような香りを嗅いでいた」

萌は驚いて顔を上げる。まさか自分からもこの香りがしていたとは、知らなかった。

「どうして、こんな匂いがするの？　香水をつけているわけでもないのに……」

「これは、恐らくお互いにしか感じない匂いだ。言ってみれば、発情期のオスとメスが発する匂いか」

まるで自分が動物になったようで、奇妙な気分だ。少なくとも、普通の人間に発情期などに発する匂いはないだろう。

「お前は今年二十歳になったな。萌。恐らく、それ以前は、こんな香りはしなかった。お前も、俺に会ったとしても、それを感じなかったことだろう」

「もしかして……夢の中で、幼いままの姿にしていたのは、そのため……？」

宗一は隠すことなく頷く。

「たとえ意識の中の世界とは言え、もしも匂いを嗅いでしまえば、俺はたちまちお前が欲しくなる……それではいけないと思ったからな」

「そんなに、強烈なのね……」

「お前も感じたのじゃないか。俺と触れ合ったときに、何かの衝動を」

萌ははっと顔を赤らめた。何度も交わっておいて今更だけれど、まだ宗一を初めて会う男だと思っていた時分、触れ合っただけで体が熱くなってしまったのは、ひどく恥ずかしいことだと思っていたからだ。

「これは、腹を空かせた獣の前になま肉を放り出すようなものだ。食いつかずにはいられない」

「もしかして……最初の晩、夜に忍んできたのは……」

宗一は、ふいに決まりの悪い顔になり、頬を赤らめて「俺だ」と頷いた。

「初めて間近にお前の匂いを嗅いだら……我慢できなくなってしまった。理性が働かなくなって……気がついたら、お前の部屋にいて……お前を愛撫していた」

「そう、だったのね……」

それを聞いて、萌は安堵した。むしろ、宗一でなかったときの方が、恐ろしい。あの夜の闖入者が宗一とわかった今、萌は歓びを感じていた。

「鬼と鬼の花嫁は、皆そういう風に、抗えないほどの匂いをさせてしまうものなの……?」

「そう聞いている」

桐生家には、鬼に関して代々伝えられていることがたくさんあるのだろう。

そのとき、ふと萌は情事の最中に宗一が言ったことを思い出す。

「そういえば……兄さま、鬼は、五百年毎に生まれると言っていたわね」

「ああ。そうだ」

「じゃあ、花嫁は？　花嫁も五百年に一度なの？」

ふいに、宗一は黙り込んだ。

これまで容易く萌の問いかけに答えてくれていたのに、どうしたというのだろう。

「いや……花嫁は、違う」

「鬼と一緒に生まれるのじゃないの？」

「そうじゃない。花嫁は……百年に一度だ」

「え……？」

萌は首を傾げる。そうすると、計算が合わないのではないか。

「鬼がいなくなっても、花嫁だけ生まれ続けるの？　黒頭さまのため……？」

「いいや。鬼は、次の鬼が生まれるまで、五百年生きるんだ」

言いにくそうなその口ぶりに、萌は宗一が言い淀んでいた理由を察した。

「それじゃ、兄さまも……？」

「ああ。多分な……」

「おじいさんの姿で五百年も生きるの？」

「いや。鬼の姿は肉体が最も活性化する時期で止まる。恐らく、俺の姿がこれから変わることはないだろう。表向きは壮年期に死ぬことを繰り返し、これから何回か名を変えて、気の遠くなるような時間を生きることになる。この見た目がそぐわない時期には、病などと称して離れに引きこもる……それをこれまでの生き神たちは繰り返して来た」

桐生家に仕える者が五年に一度すげ替えられるという決まりがなぜあるのか、萌は理解した。同じ人間がずっと勤めていたら、当主の姿がまるで変わらないことに気づいてしまうだろう。五年変わらずとも違和感はないかもしれないが、十年同じ顔というのはさすがに妙だ。宗一が離れに住んでいて使用人も滅多に顔を見ないとは言え、長く勤めれば不審に思ってしまうに違いない。

花嫁が百年毎に生まれるのならば、自分の寿命は普通の人間と変わりないのだろう。萌は年月と共に老いてゆき、宗一を置いていくことになるのだ。

「それじゃ……兄さまは、また次の花嫁に出会えるのね」

「萌……」

意図せず沈んだ声が出てしまい、萌は息苦しさに顔を伏せる。

すると、宗一が萌の肩を摑み、真正面から目を合わせた。その真剣な眼差しに、萌の心臓が跳ねる。

「俺は、こんなことは、俺で終わりにしようと思っている」

「え？」

「鬼だの、花嫁だのというしきたりだ。千年以上続くこの家で、ずっと続けられてきた悪習だが、俺はずっと疑問を抱いてきた。だから、本当は、お前を花嫁にする気もなかったんだ」

　確かに、夢の中の兄さまも、桐生家に来てからの宗一の態度も、萌を屋敷から去らせようとするものばかりだった。出会ってしまえば、この香りに惑わされ抗い難い誘惑に駆られてしまうというのに、宗一はそれを抑えつけてまで、萌に帰れと言っていたのだ。

「だが、抗えないままに、結局こうなってしまった。正直、俺は迷っていたが……」

　宗一は真っ直ぐな目で萌を見つめる。

「お前を抱いて、決めたんだ。俺の花嫁は、お前が最初で最後だと」

「兄さま……」

「俺は、これまで弱かった……。己の業をただ嘆いて、酒を飲んで紛らわし、流されるままに生きてきた。だが、今はお前がいる。だから俺は……ここを出たらきっと変わる。変わらなければいけないんだ」

　宗一の態度は真摯だった。迷いを振り切るような、自分に言い聞かせるような口ぶりだったが、萌は疑うべくもなく、宗一を信じた。

（兄さまが夢でずっと子供の姿だったのは……匂いのためもあったかもしれないけれど、きっと迷う心の現れでもあったんだわ）

萌の知っている兄さまはいつも儚げで、どこか悲しげで……。出会ったばかりの宗一が冷たく突っ慳貪《けんどん》で傲慢に見えたのも、裏を返せばその弱さを隠すためだったのかもしれない。

「俺は、現金《げんきん》だな……」

「え？」

「今まで、俺は死ぬことばかりを考えてきた……けれど、自分が死ぬ方法も知らずに、苦しむだけの日々だった。命あるものには必ず終わりが来る。だが、俺の終わりは遥か彼方だ。それを知ったときから、俺は死を希《こいねが》っていた。終わりゆくものに憧れと憎しみを抱いてきた。花は枯れ、虫は死ぬ……。自然の中では何でもないそんなことが、俺はたまらなく羨ましくて、嫉妬した……憎悪した。いっそ、この世のものすべて、死に絶えてしまえばいいのだと……」

「兄さま……」

「だが……俺にはお前がいた。お前がいたから、俺はこの世界を許すことができた……」

宗一は少しずつ自分の心を吐露しようとしている。これまで奥深くに秘めてきたものを、萌と共有しようとしてくれているのだ。

「お前と夢の中で会っているときだけ安らげた……けれど、お前の触れ合う世界を見ていると、些細なことでさえ嫉妬で狂いそうになって……あの民俗学者のあの生き生きとした表情……好きなものを探求する自由、歓び……そして、それを好ましいと思うお前の素直な微笑み……すべてが我慢ならなかった。そして妬む自分の矮小《わいしょう》さに、また消えたくなった……」

萌は、それを知っていた。宗一が嫉妬をほんの少し表へ覗かせてしまった後の、宗一の苦しみはありありと伝わっていた。

生き神としての生を強いられてきた宗一。きっとすべての自由なものに憧れと嫉妬を抱いたことだろう。そして、聡明な宗一はそういう自分の醜さを嫌というほど自覚していたのだ。心が優しく繊細なだけに、死への願望に取り憑かれたとしてもおかしくないと、萌には思えた。

「だけど、こうしてお前を抱いていると……死にたいと思っていた日々が嘘のようなんだ」

熱く逞しい腕が、萌を抱き締める。

「俺は、初めて本当の生きる歓びを味わっている……俺は本当に現金な男だ……お前を抱いて、俺は世界が変わったんだ……今は、嬉しさで死んでしまいそうなくらいだ……」

「兄さまったら……」

萌はうっとりとして宗一の胸に抱かれた。いつも救ってくれていた兄さまを、救えたことがこの上なく嬉しかった。

萌にも死を考えたことは幾度となくあった。けれど、それを押しとどめてくれていたのが兄さまなのだ。萌は死にたいと言うよりも、生きていても甲斐《かい》がない、と思っていた。自分を必要としてくれる者は誰一人この世になく、自分が生きていても意味がないと。

けれど、兄さまは夢の中で会う度に会いたかったと言ってくれる。萌の話を聞きたがってくれる。萌に共感し、同情し、そして萌を守ってくれる——そんな兄さまがいなければ、萌もとうに生に見切りをつけていたかもしれないのだ。

その思いを訴えようとしたとき、萌の腹が小さな音を立てた。あ、と押さえようとしたときにはすでに宗一に聞こえてしまっている。

「あ、やだ、私ったら」

顔を赤くして照れ笑いをすると、宗一は声を上げて笑った。

「ははは、そうだった。そろそろ、お前の腹が減る頃だな」

萌の頭を撫でて身を起こし、宗一は壁のベルを押す。そのとき、ふいに萌は不思議に思った。

「兄さまのお腹は減らないの？」

「ああ。お前のお陰でな。しばらくは、大丈夫だ」

萌との交わりが腹を満たすことになる、という仕組みが、未だに萌にはよくわからない。通常の空腹と、宗一のいう空腹は別のものなのだろうか。

「それじゃ、普通の食事はいらないの？」

「食を断ったことがないからわからないが、多分そうなのかもしれない」

「五百年生きられるんだものね……きっとそうよね」

萌は宗一が五百年生きるという話をすんなりと信じていた。これまで自分の身に起きてきた不可思議な現象が、宗一との交合の昂揚が、萌に鬼の存在を受け入れさせていた。

ベルを押して数分の後に、襖の下の扉が開き、静かに二つの御膳が差し入れられた。これまでの桐生の屋敷で供されてきた料理はどれも萌にとってはひどく豪華なものだったが、この地下の部屋で出された内容は殊更贅を凝らされている。

鱧《はも》の南蛮漬けや甘鯛の塩焼きと胡麻豆腐に鰹出汁をかけたもの、分厚い牛肉を炙って塩焼きにしたもの、茄子《なす》やオクラの新鮮な夏野菜に鰹節をかけ胆醤油をかけたものなど、特に山間のこの村では新鮮な魚介類など川魚くらいのもので、海のものは滅多に手に入らない。これは最高の御馳走と言えた。

しかもどこもかしこも食料不足に喘いでいるこのご時世で、これだけのものが支度できるというのは、よほどのことである。それだけこの儀式は大切にされているのだろうと思われた。何より、この水蜜桃の、よく冷えて甘いこと。以前にも食したが、この芳醇な果肉は、殊《こと》の外《ほか》美味である。萌はいつまでもこの桃をむさぼっていたいと思うほどだった。

宗一はゆっくりと酒を飲みながら、瞬く間に椀を空にしていく萌を、少し驚いた様子で眺めている。

「すべて平らげたか、萌。よほど腹が減っていたんだな」

「ええ、なんだかいくらでも入ってしまいそう。普段私こんなに食べられないのに、不思議。お腹がずっと減っているみたいな……」

いくら食べても腹の膨れるどころか、もっと食べたいという気持ちになってしまう。この底なしの感覚はどうしたことだろう。貧しい生活を送ってきた萌は、少しの食べ物でも不足を感じないのが常であったというのに。

そのとき、萌はふと、あることを思い出す。

「そういえば……村で、子供たちが歌っていたわらべ歌にも、お腹が減っているみたいな歌詞があったわ。ころりころりと、はらのおと、って」

「わらべ歌か……」

宗一は目を細め、ぼうっと何かを思案するような表情になる。

「他では聞いたことのない歌だったの。だから、妙に覚えていて……」

「その歌なら、俺も知っている」

「兄さまも、歌っていた？」

「俺は、歌わなかった。だが、歌詞はわかる」

「え……どうして？」

「萌。そこの屏風《びょうぶ》をご覧」

枕元には古びた二枚折の屏風があり、そこには何か句のような文字が書かれている。相当古いものらしく、紙が黄ばんだり文字が掠れたりして所々読みにくいが、宗一がそれを読んで萌に聞かせてくれた。

目かくし　子かくし　花嫁かくし
五百かぞえて　目があいた
一ではひゃくしょう　二ではしょうや　三にふえたらとのさまじゃ
ころりころりと　はらのおと

目かくし　子かくし　花嫁かくし
くるりとまわって　百ねんめ
十ではやわい　十五はあおい　二十になったらあまくなる
ころりころりと　かくされた

目かくし　子かくし　花嫁かくし
花はちっても　芽はのこる
百ではたらぬ　千でもこまる　一万あったら花がさく
ころりころりと　まいります

「これ……あのわらべ歌と同じだわ。子供たちが歌っていた……」

「そうだ。そのわらべ歌はここから生まれた。作者不詳の歌だがな。まず、桐生の誰かが書いたものだろうと思う。相当古いから定かではないが……」

「一体どうして……？」

ここには村人たちは入れないはずだ。桐生家の限られた者しかこの場所を知らないと宗一も言っていたではないか。

「さあ……この家の子供が歌ったのを真似て村の子供たちにも伝わったのかもしれないし、もしくはこの屏風は最初は別の場所に置かれていたのかもしれない。あるいは、これと同じ歌の書かれた屏風が他にもあるのかもな」

「こんなところであのわらべ歌を見ることになるなんて、思わなかった。私が覚えていたのはいちばん最初の歌詞だけだけれど……」

萌はまじまじとその屏風の文句を観察する。

五百や百といった数字がそれぞれの歌詞で歌われているのが気になる。たかだかわらべ歌の言葉を気にするのもおかしいのかもしれないが……。

「花嫁、と繰り返されているし、子かくしというのもなんだか神隠しみたいで……これ、やっぱりこの家のこと……？」

「ああ。恐らくそうだろう」

宗一は萌に同意する。

「五百かぞえて目があいた、というのは生き神のことだろうな。くるりとまわって百ねんめ、は花嫁を指している」

「一ではひゃくしょう、二ではしょうや、などと言うのは……？」

「神隠しの数のことだろう。神隠しがあればあるほど、鬼の力が増して村が栄えるという意味だと思う」

それでは、二番目の、十ではやわい、十五はあおいというのは、花嫁の年齢のことなのだろう。松子は、花嫁が二十歳になってから儀式を行うと言っていた。そのことを指しているのかもしれない。

「あら……？　そういえば……」

萌は花嫁の年齢について疑問を覚える。何も起きなければ、萌の母が鬼の花嫁になるはずだったのだ。

「母さんも、花嫁として生まれたのよね。それが逃げてしまったから、私が母さんの代わりに花嫁になって……。それじゃ、兄さまは私の母さんとここへ来るはずだった……？」

「ああ、そうだろうな。だが、お前の母親が二十歳になって屋敷に残っていたとしても、俺はまだ九つだ。萌、お前は確か母親が十九のときの子供だったな？」

萌は頷く。母は十九で萌を生んで、亡くなってしまった。そのとき、父は二十二だったと聞いている。

儀式は宗一が成熟するまで待たれなければならなかっただろう。萌のように花嫁が二十歳になってすぐに儀式を行えるという場合ばかりではないということらしい。

「父さんは母さんが二十歳になる前に慌てて連れ出したのだと思っていたけれど……そういうことではなかったのね」

「お前の父親がどういうつもりで彼女を連れ去ったのかは……わからない。その気持ちは推測できるが……彼がどこまで知っていたのかも、俺の知るところではないからな」

「ねえ、兄さま。私の母さんのことを、覚えている？」

萌の母、楓が家にいたのは十八かそこらまでだったかもしれないが、そのとき宗一は七歳ほどだ。まだ幼い時分、子供だけで離れで生活することはできないだろうし、その頃宗一は恐らく母屋で暮らしていただろう。叔母の楓とも面識があったはずである。

「ああ、もちろん覚えている。だが……あまり言葉は交わした記憶がない」

「え……どうして？」

「彼女は……将来俺と交わることになるというのを知っていたはずだからな。ろくに顔も合わせなかったと思う。俺は、その頃はただ単に嫌われているんだろうと思っていたが……」

ああ、そうか、と萌は得心する。母は萌とは違って、きっと自分の役割というものを小さい頃から聞かされて育ったのに違いない。そこへ生まれてきたまだ幼い『鬼』を、直視することが叶わなかったのも無理はないと思えた。

宗一はじっと萌の顔を眺め、微笑んだ。

「やはり、彼女はお前にとてもよく似ていた。幼心に綺麗な人だと思っていたよ。いつもどこか寂しげで……言葉を交わしたかったけれど、何か見えない壁のようなものが彼女の周りには張り巡らされていて、できなかった」

「兄さまの目は、この家を逃げ出した母さんの生活も見えていたの？」

「ああ。もちろん……」

宗一の表情が暗く陰る。

「彼女の死をいち早く知ったのは俺だ。彼女の視界が暗転し、すぐにお前の目から見た世界が映るようになった」

「あ……」

「何か大きなものを失って、また得たような気持ちだったな……。だから俺は、お前をずっと支えていくことを決めた。お前が少しでも幸せになれるように……」

花嫁の目を通して見られるということは、その生死すらも把握するということなのだ。僅か八歳のときに人の死を目の当たりにしてしまった宗一は、どんな気持ちだったのだろう。

「おばあさまや、桐生家の他の人たちは、兄さまが私の世界を見られることを知っていたの？」

「ああ。だが、俺は見えないふりをしていた。居場所を教えれば、たちまちお前は捕らえられ、お前の母のようにこの屋敷で暗い生活を送ることになる。俺は、それが嫌だったから……」

「兄さまは、そのときから私のことを守ってくださっていたのね……」

萌の父は、萌の目から鬼がものを見られることを知っていて、何も語らなかったのだろうと宗一は言っていた。けれど、萌にとって兄さまの存在はまさに日陰の生活の中に咲く一輪の花だったのだ。夢の中の少年の存在がなければ、萌は今頃どうなっていたかわからない。暗い日々の中、生きようと努力することすら忘れてしまっていたかもしれないのだ。

「……ねえ、兄さま。この屏風の最後の歌だけれど……これは、どういう意味なの？」

目かくし　子かくし　花嫁かくし

花はちっても　芽はのこる
百ではたらぬ　千でもこまる　一万あったら花がさく
ころりころりと　まいります……
「それは……俺も、ずっと考えているところだ。花が何を指しているのかが肝心だな」
「そう……兄さまにも、わからないことがあるのね」
鬼が生まれ、花嫁が生まれ……その次には、何が起きるのだろうか？
宗一は、屏風の最後の句を見つめながら、じっと考え込んでいる……。

儀式

鼻孔に絡まる麝香の馥郁たる香り。

ちゃぷちゃぷと間断なく響く水の音。

よく声の響く浴室ではあえかな喘ぎがこぼれ、引きも切らぬ悩ましい呻きに白い湯煙が桃色に染まるようである。

「ああ、兄さま……」

「萌、もっと脚を開くといい」

「あ、でも、そんなに開いたら、お湯が……ああっ」

一月の間、萌と宗一は、地下の部屋のどこでも動物のように交わっていた。

褥の上で、向かい合わせになったり、這いつくばったり、あるいは立ったまま、座ったままとあらゆる姿態をとりながら。または、雪隠《せっちん》の中で、いたずらに。そして、浴槽の中で、湯の音を響かせながら——。

交われば交わるほどに快感は深くなり、萌は達する頻度も、その深さも、まるで底なし沼のようにずぶずぶと増してゆき、自分でもどうしたらよいのかわからぬほどに、みだらになってしまう。

宗一などは、いくら放っても勢いは衰えず、そのまま四六時中繋がっていてもまだ足りぬのではないのかと思われるほどに無尽蔵の精を持ち、萌を捕まえて離さなかった。

今も、浴槽に浸かりながら、二人向かい合わせで深々と交合し、肌のふやけてしまうほどに長いこと腰を揺すっているのだ。

「萌……萌……いいか……奥が、降りてきた……また、達きそうか……」

「はあ、はあ、ああ、兄さま、あ、私、もう、もうっ……」

「達きなさい、ほら、ほらっ」

「あ、あああああ」

宗一は萌の細い腰を摑んで力強く腰を突き上げる。

湯の揉まれるちゃぷちゃぷという音が盛んに鳴り響き、萌は立て続けに子宮口をずんずんと突かれて、呆気なく絶頂に飛ぶ。

「は、あ……あぁぁ……」

「ああ……萌……すごいうねりだ……ああ、搾られそうだ……」

宗一はじっとりと額に汗を浮かせながら、目の前の萌の乳房の先端に吸いつき、ねっとりと舌を絡める。

「んん、ふうう……」

交わりながら、乳房をいじめられるのが、萌の今の気に入りだった。敏感に勃ち上がった乳頭をきつく吸われるだけで、じぃんと下腹部が痺れ、みだらな蜜があふれてしまう。膣の無意識の締め付けにより、中にずっぷりと埋まっているものの大きさをつぶさに感じて、また二重の悦びを得られるのである。

「兄さま……あ、気持ちいい……」

達した余韻を味わいながら、萌は腰をくねらせる。

宗一は夢中で萌の乳房を揉み、しゃぶりながら、反り返った男根をぬるぬると緩慢に動かし、うっとりと萌の肌を味わっている。

その様がまるで赤子のようで、萌は火照った頬を緩めて微笑んだ。

「兄さまは……私のお乳が好きなの……？」

「ああ……好きだ」

「吸っても、何も出ないのに？」

「出るさ。何か、甘酸っぱいものが」

「嘘よ……何も出ないわよ」

「そうかな……俺にとっては、美味いんだ。酒より美味い」

「兄さまったら……」

そういえば、宗一は以前ほど酒を嗜まなくなっている。飲みはするが、依存しているようなずぶずぶの飲み方ではなくなった。

「じゃあ、お酒の代わりに私のお乳を吸っているのね」

「ああ、そうだな……萌の肌は、どこもかしこも甘い。極上の味がする」

「もう、兄さま……あ、ああ」

ひときわ乱暴に奥を突かれて、萌は仰け反った。

「お前も、そうだろう？　萌……俺は美味いだろう？」

「い、いやあ……そんなこと、言っちゃ……」

「だって、こんなに美味そうに喰らっているじゃないか……」

ずっ、ずっ、と大きく腰を入れられて、萌はたちまちまた忘我の淵に落ちる。

確かに萌は宗一のものが好きだ。ひとたび挿入されてしまえば、もう我慢がきかなくなって、しきりにねだったり、自らはしたなく腰をうねらせたりと、ひどく乱れてしまう。

けれど、それは宗一相手だからそうなってしまうのだ。

兄さまの体の一部が自分の中に埋没しているのだと思うと、それだけでたまらなくなる。たとえ同じ大きさのものを同じように押し込まれたとしても、それが宗一のものでないのなら、ただの異物に過ぎない。

萌の体によって、宗一が快感に顔を歪めたり、のぼせたり、ときには情けなく声を上げたりすることが、たとえようもなく嬉しいのだ。

「ほら、言ってご覧。美味しい、と」

「ああ、兄さま、そんな……」

「そうしないと、動いてやらないぞ……」

「ひ、ひどい、あぁ……」

ぴたりと動きを止められて、もう少しで再び達しそうだった萌は、体のうちで荒れ狂うみだらな熱に身悶えた。

「ああ、兄さまっ……頂戴、もっと……」

「何が？　何が欲しいんだ？　萌」

萌がたまらずに濡れた唇を震わせると、そこへ舌を這わせながら、宗一は荒い息の下で笑う。

「に、兄さまのが、好きっ……美味しい……ああ、もっと、もっと食べさせてっ」

「ああ、いいぞ、萌……よく言えたな」

わざと先生のような言い方をして、宗一は激しく突き上げ始める。

「あぁっ！　あ、あ、あ、ひああ」

皮膚の毛穴が一気に開いたように、ぶわっと汗が噴き出すのがわかる。

ぬるめの湯の中で揺られながら、萌は天にも昇るような心地で逸楽をむさぼり続けた。

「ああ、いい、はああ、兄さまあっ」

「はあ……ああ、俺も、だ……そろそろ、出て、しまう……」

「んあ、は、ああ、頂戴、兄さまのっ……ふぁ、あ、ああっ」

達する寸前、いつも宗一のものは一層太くなり、固く強張る。それで激しく蜜壷を掻き回される感覚は、萌を骨まで蕩かすほどに悦ばせた。

「ああっ！　あ、すごい、あ、あああ！」

「くっ……、萌……萌っ!!」

ぐっと数度激しく腰を突き入れ、宗一は果てた。

萌はうっとりとして奥に精を呑み込みながら、宗一の逞しい胸にしなだれかかり、陶然とした様子で頬ずりをする。

「ああ……兄さまのものを注がれるの、好き……」

「わかるのか……？」

「わかるわ。奥が、あったかくなって……伝い落ちる感覚も、気持ちがいいの……」

「ふふ……萌は、何だって気持ちよくなってしまうんだな」

「兄さまだからよ……」

二人は火照った肌を合わせ、火照った唇を吸い合った。

そうしてぴたりと体を重ね合わせていると、そのままひとつに融け合ってしまうのではないかと思うほど、その境目がわからなくなってゆく。

萌は未だ宗一を体内に収めたまま、ふいに、儀式のことも忘れ、その先にあるものを想像した。

「兄さま……」

「うん？」

「もし、私に兄さまとの子供ができてしまったら……兄さまは、産んで欲しい？」

宗一は少し驚いた様子で、萌の顔を見つめた。

「どうしたんだ、急に」

「少し……想像してみただけ」

萌の無邪気な答えに、宗一は精悍な顔をくしゃりとさせて笑った。

「もちろん、産んで欲しいよ。当たり前だろう？」

「でも、生き神さまと花嫁の子供って、どうなるのかしら……」

「さあ。聞いたことはないな」

「それじゃ、今まで花嫁は子供を産んだことがないの？」

「ああ。……そのようだ」

宗一は、微かに沈んだ表情をした。

「それにしても……」

宗一は話題を変えるように、萌を見つめ直す。

「その『兄さま』というのは……もう直らないのか？」

「え？　どうして？」

思わぬ問いかけに、萌は目を丸くする。

「兄さまと呼ぶのって……いけないいかしら」

「いや、何というかな。随分、いけないことをしているような気持ちになるんだ」

「でも……私はずっと兄さまと呼んでいたから……もう、宗一さんとは呼べないわ」

「そうか。それじゃ、仕方がない」

「嫌なの？　兄さま」

萌は少し心配になった。今まで宗一の嫌がる呼び方をしていたのなら申し訳ないと思ったのだ。

けれど、宗一は鷹揚に頭を振った。

「嫌ではないんだが……少し、思い出すことがあってな」

訊ねようとした萌の唇を、宗一は熱烈に求め、塞いだ。

「さあ、もっと……お前を食べさせてくれ……」

＊＊＊

――――その頃。

松子と藤子は屋敷奥の座敷で昼食をとっていた。「失礼します」と襖の外から智子が声をかけ、松子が入れと命じる。

「本日昼の御膳二つ、御殿に差し入れさせていただきました」

「ふむ。どうじゃ、引き取った朝餉の方はすべて平らげとったか」

「ええ、それはもう綺麗に」

「うっふっふ。それはよかったわ。ご報告、ありがとう」

藤子が引き取り、智子は去っていく。一介の女中である智子は、何かの儀式が行われていることを知っていても、その内容や地下の部屋の在処《ありか》を知らない。ただこしらえた料理を、係の一族の者に渡して、それを届けさせる役割なのである。

智子の足音が遠のくのを聞いて、松子は味噌汁を啜った後、口を開く。

「宗一たちの様子はどうじゃ」

「ええ、見張り役の話だと、上手くいっているらしいわ。それはもう休む暇もないくらい」

藤子はぽっと頬に血の気を上らせて、唾を飲む。

「声がすごいんですって。ひっきりなしに漏れてくるらしいの。あの大人しい萌さんが、信じられないわあ」

「ほっほ。そりゃあええ塩梅《あんばい》じゃ。花嫁には気が満ち満ちとるゆうことじゃろう。飢えとった黒頭さまも、さぞかし満足してくださることじゃろう。一時はどうなることか思うたが……」

「でも、あの宗一さんのことよ。儀式を完遂できるかしら？　萌さんをかなり気に入っていたみたいじゃないの」

「それじゃけえ、わしは言うとったじゃろ。やはり、あやつの目は見えとった。楓や萌の行く先なんか、あいつにはぜぇんぶ見えとったんじゃ。それを、見えないふりをして、せんでもええ苦労をさせおって」

藤子はフンと鼻を鳴らし、悔しそうにグイグイと梅酒を呷る。

「やっぱりね。ああ、宗一さんがちゃんと姉さまの行方を教えてくれたら、こんな二十年も待つことはなかったっていうのに」

「楓……。あれも愚かな娘じゃった。自分が逃げても、いずれ娘が連れ戻されることなんか、わかっとったろうに」

どこかしんみりとした口調で松子が呟くのへ、藤子は気のない視線を投げる。

「まあ、仕方がないわ。姉さまは恋に生きたのよ。きっと愛しい人の子供を産めるなら、何でもよかったんだわ」

「花嫁といい、生き神といい……近頃の桐生の家には、なんで欠陥のあるもんばあ生まれるんかのう」

「本当ね。宗一さんは何であんな人がと思うほど、生き神さまにしては優し過ぎるわ。あたしが心配しているのは、花嫁と一緒に逃げてしまうんじゃないかってことよ」

「それは心配無用じゃ。すでに村の周囲は固めとる。万にひとつも、逃げられる心配はないじゃろうて……」

二人は儀式のことを語りながら、食事を続ける。松子は老人とは思えぬほど健啖《けんたん》だ。藤子も昼間から酒を飲みながら、次々に小鉢や椀を空にしていく。

やがて、複数の自動車が庭先へ乗りつける音が響く。藤子は耳聡くそれを聞いて、ふっと赤い唇を笑ませた。

「母さま。ようやく、一族の皆が集まってきたようよ」

「そうか、そうか」

松子はゆっくりと頷いた。

「それでは我々も、待ちに待った儀式の支度を始めようかの」

＊＊＊

二人の交わりはどこまでも続き、地下の部屋には間断なく濡れた音が満ちている。湯船に浸かっていても、食べ物を口にしていても、寝ていても……二人は気づけば交わり合っている。

萌は宗一の固い腹の上に乗って腰を揺すりながら、大きな乳房を上下に弾ませている。柔らかな肉の狭間には血管を浮き立たせた隆々とした太い幹が埋まり、赤く充血して膨らんだ陰唇を無惨に捲り上げている。

「はあっ、あぁ、あ、に、さまあっ」

「どうした、萌……そんな、泣きそうな顔をして……」

萌はもどかしげに身悶えて、切なく目を潤ませている。貪欲でみだらな心が底の見えない口をぽっかりと開けて、萌を唆しているのだ。

「うまく、動けない、の……、おね、がいっ……」

「この、格好じゃ、だめ、なのか……？」

息を切らせながら、宗一は唇を舐める。本当は萌の望みをわかっているくせに、萌の口から言わせようとしている。

「どうして欲しい、萌……言う通りに、してやる……」

「あ、はあ、あん、あ、わ、私、私……」

萌の揺れるむっちりとした乳房の先端をくりくりとこねながら、宗一は緩慢に腰を動かす。萌は上気した頬を震わせながら、涙をいっぱいに溜めた目を苦しげに細めた。左目の赤い部分がきらきらと光って、まるでルビーのように美しい。

「ああっ、はあ、もっと、もっとたくさん、奥に、されたいのっ……」

「奥……？　今も、届いているだろう……？」

「そうじゃ、なくてっ……、んあ、は、もっと、乱暴にっ……」

宗一の長大なものは萌が腰を押し付ければ容易に奥まで届く。しかし、その子宮口に口づけをするような軽い刺激では萌は物足りなくなっているのだ。

「わかっている、萌……」

宗一は微笑して、挿入したまま、汗に濡れて光沢のある裸身を起こす。そして萌を布団の上に倒し、脚を抱え上げ、ぐっと深く腰を入れる。

「ひいっ、ひいい、あ、はああっ」

途端に、萌は言葉にならない声を上げる。ぞくりとすさまじい戦慄が走り、萌の体中に鳥肌が立つ。

太い亀頭が立て続けに子宮口をどちゅどちゅと抉ると、えも言われぬ甘美な衝撃が萌を襲い、あっという間になけなしの理性を吹き飛ばしてしまう。

「ああ、あ、はあっ、あ、ん、お、あっ、ああっ！」

「はあ……すごい声……萌は、本当に奥をしつこくされるのが好きだな……」

萌が忘我の境地に至り痙攣する度、媚肉は微細に振動し、きゅうきゅうと男根を食い締める。宗一は恍惚として萌の望むように奥をやや乱暴に突き上げながら、赤い瞳をうっとりと細めている。

「あっ、はあ、はあ、ああ、好きっ……、に、さま、好きいっ！」

「ああ……好き……俺も、好きだ……萌のことが大好きだ……ああ……」

一体、最初にここへ閉じ込められてから何日が経っているのだろうか。

無我夢中で没頭する二人には、もうそんなことは関係なくなっていた。ただ、御馳走を食べ、酒を飲み、肌が少しでも触れ合えば動物のように繋がった。官能的な麝香の匂いは途切れることもなく、二人の鼻孔からその脳髄まで至って理性を蕩かし、ただ快楽に耽る獣に変える。

「ああ、ひあ、あ、兄さま、あ、膨らんだ……ああ、いい、裂けそうで、気持ちいいっ……」

萌がひときわ高い叫び声を上げる。絶頂が近づくと、宗一は一層みなぎり、陰茎はまた一回り太くなり、鉄のように固くなる。それが萌の無惨に押し拡げられた入り口をまた更に引き伸ばし、その痺れるような快さに萌は桃色の舌先を震わせてまた深く達してしまうのである。

「萌……ああ、可愛いな、お前は……はあ、ああ、萌……」

　宗一は腰をねっとりと回しながら、萌の豊かな乳房を餅《もち》のように強く揉み、しこった乳頭をこね回す。するとそれに呼応するように熟れた膣肉はうねり、しとどに淫水を溢れさせる。

「はあ、あっ、に、さまあ、奥、されながら、胸、そんなに、されたらっ……」

「いいんだ……好きなだけいきなさい……俺もその方が心地いい……」

「あ、でも、ああ、私、だけ……」

「気がつかないのか？　萌……お前が達する度に、俺は満たされる……お前の絶頂は、何よりの御馳走なんだ……だから、さあ、いきなさい」

　両方の乳房を大きく擦り合わせるように乱暴に揉みながら、宗一はぐいと腰を入れ、どっ、どっ、と重い動きで最奥を抉る。

「あっ！　はあ、あ、に、さまっ、あ、また、いく、いくうっ……！」

　萌はむせび泣きながら、目を白くして、ビクビクと大きく痙攣した。

　どっぷりと大量の蜜が溢れ出し、宗一が動く度に、ぷぽっと音を立てて布団の上へ飛び散ってゆく。

　太魔羅を舐めしゃぶる膣肉の動きに、宗一も腰を震わせ、終わりを目指して駆け上る。

「はあ、ああ、いく、萌、俺も、もうっ」

「ふあ、ぁ、はあ、ああ、来て、来てえ、兄さまっ……」

宗一は逞しい腕でがっきと萌を抱き、萌を壊してしまいそうなほどに暴力的な動きで腰を叩き付ける。萌は必死で宗一にしがみつきながら、息もつけぬほどの責めに涙を散らして首をうち振った。

「はあ、はあ、ああ、萌っ、萌っ……!!」

「あっ、ああっ、あああっ」

最後にぐうっとひときわ深くまで突き上げ、宗一はぶるりと痙攣した。

萌の子宮に、夥《おびただ》しい量の精がどぷどぷと注ぎ込まれてゆく。

二人は強く抱き合い、最後のひと雫までを収めた後、うっとりとして口をねぶり合う。

萌はふと、月のものが来ていないことに気がついた。これだけ交わっているのだから、孕んでしまってもおかしくはなかったたし、また、鬼と花嫁の儀式という特殊な環境での、体の変化なのかもしれなかった。

「あぁ……兄さま……」

「萌……もっと、いいか……?」

「ええ、もちろん……」

二人が甘く囁き交わし、再び没頭しようとした、そのとき。

シャーン、シャーン……と鳴り響く、大きな鈴の音。

萌はその音にはっとした。いつか、兄さまと夢の中で結婚式を挙げたときにも、聞いた

音だ。

宗一はそれを聞くやいなや、顔色を変えて、萌の上から身を起こした。

「兄さま……？」

「萌……どうやら、時が来たようだ」

宗一の声に、萌もどきりとして、布団の上で身じろいだ。

儀式の、終わり。

それは、萌の髪が黒頭という鬼神に捧げられるということだ。

このときになってようやく、萌には言いようのない不安が押し寄せていた。

(髪を黒頭さまに捧げて……それから、私は？　私、どうなるの……)

宗一は言っていた。鬼は五百年生き、花嫁は百年に一度生まれる、と。

そうすると、萌はもう役目を果たしてしまえば、お払い箱だ。もう宗一の側にはいられなくなってしまうのではないか。

「大丈夫だよ、萌……」

萌の心中を察して、宗一は緊張した萌の体を優しく抱き締める。

「万が一の場合に、ここへ入る前に、方々に仕掛けもこしらえておいた。きっと上手くいく」

「仕掛け……？　一体、何の？」

「お前は、何も気にしなくていいんだ」

宗一の熱い腕に力が籠る。

「お前のことは、俺が守る。今まで通り、必ず守り通してみせる……」

「兄さま……」

萌は溺れる者が藁を摑むように、宗一の背中に回した腕でむしゃぶりついた。

宗一は、自分の代でこんなことはおしまいにすると言っていた。けれど、それは一体何を意味しているのだろう？

萌の心には、暗澹たる重い雲が垂れ込め、今にも泣き出しそうな空模様である。

＊＊＊

地下の部屋の錠が解放され、二人は身を清められた。そして夢で見た通りの結婚式の衣装を着せられ、念入りに化粧も施されて、赤い鳥居をくぐり、地下の奥の神殿へと誘われる。

そこには、松子や藤子の他、これまで屋敷には見えなかった桐生家の者たちが勢揃いしていた。二十人ほどはいるのだろうか。男はまるで平安時代の貴族のように冠を被り、縫《ほう》腋《えき》を着て指貫《さしぬき》を穿き、笏《しゃく》を持っている。対して女たちはやはり平安時代風に、十二単とはいかないまでも、豪奢な唐衣を着て打袴《うちばかま》を穿いている。しかし、髪型は垂髪《すべらかし》というわけにはいかず、頭だけ当世風《とうせい》というのが、何かちぐはぐで滑稽だった。

盛夏の折に仰々しい格好で皆呻吟《しんぎん》している様子だが、地下の真っ赤な神殿は地上ほど暑くはなく、むしろひんやりとしてどこか悪寒を覚えるような気配がある。

そこは地面の下にあるとは思われぬほど天井が高く、太い大きな赤い柱が何本もそびえ、朱塗りの祭壇には絢爛《けんらん》たる金の装飾が施されている。床に敷かれた緋毛氈《ひもうせん》と大きな金屏風、薄暗い神殿の中を神秘的に照らす黄金の灯籠は、まさに世にも奇怪な黒頭という鬼神を祀るのに相応しい妖美な風情であった。

その中央に立つ花嫁姿の萌と花婿姿の宗一は、まさにこれから神前式を挙げるかのような風体だが、その表情は硬く強張り、祝い事とはほど遠い息苦しさをまとっているのだ。

「とうとう月は満ちた」

厳かに、松子は言い放った。

松子の格好は、まるで白拍子だ。立烏帽子《たてえぼし》に白い生絹の水干に赤の菊綴《きくとじ》をつけたものを着て、紅い長袴を穿いている。鈴を持って真っ赤な祭殿の前に立ち、同じく白拍子のような格好をした藤子へ目配せをした。

「藤子。鬼断ちの宝刀をここへ」

「はい、母さま」

藤子は恭しく、祀られていた一振りの日本刀を松子の前へ差し出す。金色の鞘に螺鈿の装飾が施され、眩いほどの美しさである。

萌はその刀に見覚えのあるような気がして、はたと悟った。

その刀は、萌が夢に見た、あの村人たちを殺戮していた武士が持っていたものと同じなのだ。やはり、あの者たちの末裔が、桐生家だったのである。

刀を受け取った松子は、黒の紋付羽織り袴の宗一の前へ歩み寄り、その眼前にそれを掲げた。

「さあ、宗一。これは、我らが始祖様が鬼を断った由緒ある刀じゃ。ありがたく受け取るがええ」

それは宗一が持つべき刀のようだ。もしや、その仰々しい刀を使って、この髪を切るのだろうか、と萌は訝った。

しかし、ふいに萌はあることに気づく。

先ほど再び花嫁衣装を身に着ける折、わざわざ髪も文金高島田に結い上げて角隠《つのかく》しを被せているのだ。髪を切るのならば、なぜこんな無駄なことをするのだろうか。

ところが、宗一はなかなか刀を受け取ろうとしない。表情をなくしたまま立ち尽くす宗一に焦れて、松子は顔をしかめる。

「どねえした。なんで、手にとらん」

「俺は……」

拳を固めて仁王立ちになっていた宗一は、頭を振った。

「俺は、この儀式をこれ以上進めない。これで終いにする」

「何じゃと!?」

突然の宗一の宣言に、一堂は一気にどよめいた。

「何なんじゃ、一体!?」

「ご隠居さま、これはどういうことなんです!」

桐生家の面々は重い衣装を引きずって松子に詰め寄る。

松子はたちまち額に血管を膨れさせ、わなわなと怒りに震え、唾を飛ばして宗一を叱りつけた。

「宗一! この、お家の命運を分ける大事な大事な儀式を進められんゆうばかがおるか!!」

「ばかはどちらだ!!」

宗一は憤りをあらわにして言い返す。

「こんな罪もない娘を殺《あや》めて、黒頭などという怪しいものに喰らわせて、何がお家だ! 何が村の繁栄だ!! そんなむごいことをしなければ叶わないものなど、捨ててしまえばいい!!」

その宗一の叫びに、萌は愕然とした。

思わず、振り袖の腕を摑んで後ずさるのを、宗一がハッとした様子で振り返る。

「兄さま……私、殺されるの……？」

「萌」

「髪を切られるだけでは、なかったの……？」

「その通りじゃ、萌」

松子は光る目を据えて、重々しく口を開く。

「髪を捧げるゆうんは、方便じゃ。もっとも、これまでの花嫁もそう聞かされとった。体の隅々まで気を満たすゆうんは、ほんまのことじゃが」

「どうして……どうしてなんです、おばあさま」

「まあ、よう聞きんさい、萌」

松子は聞き分けのない子を宥めるような調子で、萌を見据えた。

「桐生家には平安時代に殺した鬼の呪いで五百年に一度、一族の中に鬼が産まれる。特別な目を持つ男児は鬼。女児は鬼の花嫁。花嫁は百年に一度、出る。鬼は桐生家の繁栄の象徴じゃ。産まれりゃ盛大な宴が三日三晩催される。鬼は次の鬼が産まれりゃ死ぬが、それまで半永久的に生きるんじゃ。我らあそれを生き神さまゆうて呼んどる。そして……」

「おばあさま!!」

宗一の悲痛な叫びが響き渡る。しかし、松子は躊躇わなかった。

「生き神さまは、人を喰らわにゃあ満たされん。人を喰らうほどに、家は富を得る。生き神さまの喰らうものは同様に黒頭さまにも与えられる。そうやって、この家は栄えてきたんじゃ」

萌の体を激しい稲妻が貫く。

(兄さまが……兄さまが、人を食べていた……!?)

萌は呆然と宗一を見た。宗一は蒼白の顔を強張らせ、萌と視線が合うと、怯えるように目を逸らす。その広い肩は僅かに震え、寒さに凍えるように歯を食いしばっている。

藤子は宗一の激しい動揺をせせら笑うように眺めながら、歌うように口を開く。

「萌さん。宗一さんはね、村人を食べていたのよ。驚いた? 神隠しはねえ、この人の食事だったの。桐生家の者たちが生贄を選んで、それをこっそり屋敷へ連れてきていたのよ」

それは、およそ信じられぬような暴露だった。

それで、藤子は神隠しにあった人々が「黒頭さまの一部になる」と表現していたのだ。神隠しにあった家を二十年間赤く塗るのは、間違えてその家を絶やさないため――つまり、鬼の食料を確保するためだったのだ。

石野は、きっと神隠しとされた人が、家から連れ出されるのを見たのだろう。そして恐らく、屋敷に消えてゆくところまで、確認したのに違いない。

神隠しという超自然的な言葉裏に、実は人為的な行為があったと知って、彼はきっと悟ったのだ。屋敷で何かおぞましいことが行われているのを――。

そして、萌が一瞬見たあの夢は、やはり事実だった。宗一の足下に横たわっていた若い娘の体。松子が宗一に言っていたのは、『これを喰え』ということだったのだ。

（それじゃ、父さんの家族も、兄さまが……）

そこへ思い至り、萌は愕然とした。

だが、それで萌の目は開いたのだ。なぜ、あんなにも宗一は自堕落だったのか。なぜ、萌を逃がそうとしつつ、自らの手でそれを手伝わなかったのか。

麝香の香りの魔力だけではない。宗一は、この人を喰わねば生きられぬ己の業を何よりも呪っていたのだ。萌と交われば人を喰わずに済む――それはなんという甘い魅惑だったことだろう。宗一にとっては、喉から手が出るほどに欲しい存在が、花嫁だったのに違いない。宗一には、とてつもなく大きな理由があった。花嫁を欲する、絶対的な理由が。

（兄さま……兄さまは、一人で苦しんでいた……本当のことを言えずに、ずっと、たった一人で……）

花嫁は生き神にとって人を喰うという忌むべき所業を断つことのできる唯一の道だったというのに、宗一は萌を逃がそうとしていたのだ。たとえ心の奥底で逃がすつもりがなかったのだとしても、それはどんなにか苦しい、血の滲むような決意だったことだろう！

「そう、人を喰らわにゃあ生きられんことこそ、鬼の証。生き神の証じゃ」

松子は、むしろ誇らしげに、昂然と頭を上げる。

「正直、宗一が戦争にとられたときは、私らも弱ったもんじゃった。何しろ、何年とられるかわからんし、その戦いの中で妙な疑いをかけられても困る。よほど身代わりを立てようかと思うたが、宗一が勝手に出て行ってしもうてなあ」

宗一は俯いた。戦争での日々を宗一から聞いたことはなかったが、一体どのような体験をしたのか。聞かずとも、その凄惨な様子が、その昏い影を帯びた横顔からわかるような気がした。

「じゃが、それで随分と苦労したようじゃな。そのまま逃げてしまうんじゃねえかと心配しとったが、ちゃあんと戻ってきよった。自分がこの村で以外生きられねえことを悟ったんじゃろ。しゃあけどなあ、こねえに酒浸りになってしもうて。しまいにゃ儀式までやめるゆうどうしようもねえこと言い出しよるけえのう」

「俺は、鬼というものがどんなにおぞましいか……思い知っただけだ。そんな存在が歓迎されるのは、この村だけなんだということも……」

「兄さま……」

恐らく、宗一は戦地でも人を喰わねばならぬ羽目に陥ったのだろう。藤子の言っていた、復員後に自堕落になったというのは、そのときの体験が原因なのに違いない。

「鬼がおぞましいんじゃねえ。お前が弱かっただけじゃ。先代の生き神さまも、立派にそのお役目を果たしておいでんさった。顔色も変えずに人を喰らい、堂々と当主として生きておいでんさったんじゃ」

「それは五百年の間に鈍麻《どんま》しただけだ！　生き神も人として生まれた以上、自分と同じ形をしたものを喰らうことに抵抗がなかったはずはない……！」

宗一は蒼白の面持ちで、苦々しく歯を食いしばる。

「俺は、戦場で初めて友人というものを得たんだ。人と上手く接する術を持たなかった俺も、命をかけたあの場所では人と人との絆というものを分かち合えた。それなのに……あのひどい戦線の中、攻撃を受けて死にゆく戦友を間近に見て……心は悲しみで張り裂けそうなのに、その血潮に体の滾《たぎ》りを止められなかった……最後には、瀕死の友人たちを、この手で……」

「うっふっふ。宗一さん、だけどあなた、最後に食べた村人……あれは、あなたのご指名だったはずよね？」

ふいに口を挟んだ藤子の言葉に、宗一ののど仏が大きく上下する。

「ねえ？　覚えている？　萌さん。私が村を案内してあげたとき、神隠しにあってお祝いをしていた家のことを」

「あ……」

覚えている。萌がこの村へやって来た最初の日、萌に妻を救ってくれと縋り付いてきた男だ。

「あたしねえ、実を言うとぞっとしちゃったわ。いいえ、黒頭さまのことじゃなくってよ。あの『生き神さま』の嫉妬深さにねえ」

「やめろ……」

絞り出すような声で宗一が喘ぐ。けれど、藤子はむしろ宗一の苦しみを楽しむように言葉を続けた。

「宗一さん、たとえそういう意図がなくたって、萌さんに男が触れたのが我慢ならなかったのよ。あなたに直接おねだりなんかをしたのが許せなかったのよ。だって、あたしだって、萌さんと一緒にお出かけした後はこの人にすごい目で睨まれたもんだわ。さすがに一族の者に手出しはしないけれど……ねえ、萌さん。心当たりはなあい？　これまで、あなたに触れたり、傷つけようとしたりしたあらゆるものが、この人によって壊されていったのを……」

「やめろおっ!!」

宗一は蒼白になって叫んだ。

萌の中で、これまでにあった「兄さま」による行為、そしてあの村人への宗一の暴行、そして萌の脚を傷つけた薔薇への激昂など、様々なことが浮かび上がる。

（あれが……兄さまの嫉妬？　私に触れたものすべてへの……）

「萌さん。あの男の妻が安らかに死んだのはね、私の夫が安楽死させてあげたからよ。神隠しにあう村人を連れ去るのは、特定の人間たちの役目なのだけど、生贄として選ばれた者たちは最後の願いを聞き入れられることになっているの。だから、男の妻は安らかに死んだわ……男の願いは、『妻をこれ以上苦しませないこと』だった」

「そんな……そんなことって……」

「勘違いしないで。神隠しにあう人々は皆喜んでそれを受け入れたわ。だって黒頭さまのお役に立てるんですもの。私たちが無理矢理彼らの命を奪うわけではないのよ」

藤子はおかしそうにクスクスと笑っている。

「だけど、これまで宗一さんが自ら指名したことなんかなかったから、驚いたわ。生き神と花嫁って、すごいのねえ。これまで実際に一度も会ったことなんかなかったくせに、すごい独占欲」

「俺は……」

宗一は悄然として下を向いている。

「俺はただ……あの男が憎かった……萌にやすやすと触れた、あの男が……」

「兄さま……」

萌は、宗一のこの狂気を、恐ろしい、おぞましいとは思わない。

それどころか、嬉しいとさえ感じている。そこまで、兄さまが自分を大事にしてくれることが、たとえようもなく幸福なことに思えるのだ。

「俺は人を喰らうことを恥じる。だが、どうせ喰らわねばならぬのならと……。俺は自分の選択を悔いてはいないが、己の行い自体は悔いている……」

「食欲はなんぼ生き神さまゆうても堪えようのないものじゃ。何を悔やむことがあるんじゃ」

松子はこともなげに宗一の懊悩《おうのう》を切り捨てる。

「じゃが、花嫁と契ることで人を喰らう欲を鎮めることができる……。それじゃけえ、お前も花嫁を心待ちにしとったんじゃろうが、宗一？」

宗一の体がびくりと震える。萌の心は千々に乱れ、いたたまれなさに目を伏せた。

この一月、宗一の常軌を逸した欲望に、どれだけその飢えが深かったのかを萌は思い知った。一月でも人を欲せずにいられたということが、どれだけ宗一の救いであったかわからない。

「じゃが、通常の贄と同様に、花嫁は祀られている黒頭さまにも捧げられんといけん。そのために、花嫁は殺され、二つに分かたれて、黒頭さまと生き神さまに分け与えられるんじゃ」

萌はぞおっと背筋を貫く戦慄に震え上がった。

二つに分かたれる――その、血の滴るような言葉。それには、このうなじをあらわにした格好はうってつけではないか。自分の首に滴るように光る白刃が当てられるのを想像して、萌は血の凍るような思いがした。

「鬼は花嫁の肉を喰らうことで、ただの人を喰うよりも長う禁断症状を抑えることができるんじゃやが、やがてそれも終わりが来る。その飢《なご》えを満たすかのように、百年に一度花嫁は産まれるんじゃ……」

（そういう……ことだったのね……）

萌は、宗一が最後まで口にしなかった、本当の呪いというものを悟った。人を喰わねば生きられぬ鬼。そして、黒頭さまにも捧げられる花嫁。こうして、何人の花嫁がここで散っていったことだろう。最初は髪だけを捧げるのだと騙され、そして最後にはここで断り殺されて――。

萌は、この場所でどこか悪寒のような寒気のする原因が、得体の知れない黒頭という神体だけでなく、そのだまし討ちにされた花嫁たちの怨念《おんねん》にもあるのではないかと感じた。

「真実を知って……母さんは逃げ出したのね……」

「その通りじゃ」

松子は忌々しげに頷く。

「萌。お前の父の譲は、確かに水谷ゆう百姓の子供じゃったが、その父御はな、先代の生き神さまじゃった」

「えっ……」

「つまり、私の旦那様じゃな……。いや、私の長男でもあったかな。ほっほ、五百年も生きる生き神さまは大変じゃ。手を変え、品を変え、その家で生きていかにゃあおえん」

松子の話は、奇怪で、なかなか理解が追いつかない。

つまり、自分の夫だった男を、世代の変わった後に自分の息子としていたということだ。こんなことがまかり通る家が、とうの昔に通常の常識を見失っているのも道理だ。まさしくこの家は、鬼の生きる家——まことのもののけの棲む家なのだ。

「水谷の娘がここへ奉公に上がった時分、間違いが起きたんじゃ。まったく、私が子を産むよりも先にその娘が孕みよったけん、どねえするかと親族の間でも問題になったんじゃが……なんぼ卑しい家の生まれでも、生き神さまの息子は息子じゃ。養子はよしたが形だけでも奉公に上がらせて、儀式にも参加させることにした。水谷の娘にゃ丁度いい百姓をあてがってな。そいつとの子供ゆうことにした。その顛末が、あの逃亡じゃ」

「父さんは、花嫁がどうなるかを知って、母さんを連れ去った……？」

「そうじゃ。まさか、兄妹で恋に落ちとったとは知らなんだからな。花嫁自身に真実は知らされんが、儀式に関わる他の親族はそれをわかっとる。譲は恋人で妹である楓がいずれ殺されることを知って、駆け落ちしよったんじゃ」

(兄妹……!!)

萌の体を、何度目かの激しい稲妻が貫いた。

あまりにも複雑な話に思い至らなかったが、確かに、萌の母と父とは、その母親を異にしていただけで、真実兄妹だったのだ。

意外な真実に、萌は打ちのめされている。萌の父と母が、腹違いの兄妹だったということは、萌自身は近親相姦の末の娘――あまりにも濃い桐生家の血を持つ子供だったのだ。

(ああ……それじゃ、夢のあの兄妹は……)

「思えば、むごいことをしよったもんじゃ。花嫁として産まれた娘は、鬼以外の者と契り、子を産むと死んでしまう。しかも、その娘が花嫁になるゆうのになあ」

「そ、それじゃ……母さんが死ぬことは、私を産むときには決まっていたの……!?」

「その通りじゃ。譲はぼっけえばかもんじゃ。どうせ死んでしまう花嫁を強奪したんじゃからのう。しかも、自分の家族はその責めを負うて鬼の胃の腑に収まった。すべてを犠牲にしたんぞな。中途半端な知識が徒《あだ》になってしもうたなあ」

萌は深く、絶望の嘆息を漏らした。

父を常に包み込んでいた、あの消えることのない昏い影は、実の妹と契り、奪い、そして死なせてしまったことにあったのだろう。しかも、恐らく父は自分の家族もすべて喰われてしまったと、わかっていただろう。

(父さん……そこまでのことをしてでも、母さんを花嫁にはしたくなかったのね……)

いいや、あの夢が本当の情景を見たものなのだとしたら、連れ出して欲しいと願ったのは、母の方だったのだろう。そして父も、それを願ったのに違いない。そして、儀式の最中に宗一が「兄さま」というのは直らないのか、と聞いた理由も、萌は理解した。

それはきっと、萌が生まれる前、まだ萌の母、楓が生きていた頃のことだろう。楓の世界を見つめていた宗一は、彼女が恋人を何と呼んでいたか――すべて知っていたのだ。

(ああ、兄さま……)

萌は、己の体に流れる桐生家の血の濃さを思った。

(私たち、もしかすると、母さんと父さんと、同じことをしているのかもしれないわ……)

負の連鎖だ。結局は、娘が花嫁となり、また家に連れ戻されることになる。しかし、そのときの萌の父には、どうすることもできなかったのだろう。恋人を殺されると知りながら、みすみすと黙って大人しくしていることなど、できなかったのだろう。

(ああ、可哀想な父さん……可哀想な母さん……!)

萌は両親を思って涙を流した。二人の苦悩が、萌の身のうちでものたうち回るようだった。桐生の家に生まれたがために、二人は不幸になったのだ。その残酷な運命に、萌は涙した。父の背負ったものの重さを今更に感じて、伏して泣き喚きたい衝動に駆られた。

父が、母のことを、郷里のことを、何も語れなかったのも無理はなかったのだ。それは、鬼の目に見張られているという恐怖以上に、自分たちの犯した罪というものが暴かれるのを、恐れていたためなのだろう。

振り袖の肩を震わせて泣く萌を、松子は一片の愛惜もない、厳しい眼差しで見つめた。

「生き神さまは人を喰わんと正気を保てん。人は鬼にとって麻薬のようなものじゃ。足らんと飢餓状態に陥る。花嫁を得ている間だけは満たされるがのお……じゃが、花嫁は黒頭さまにも与えんといけん。萌、お前は死なんとおえんのんじゃ」

「それは、させない」

萌の前に、決然とした表情の宗一が立ちはだかる。

「萌は俺だけのものだ。絶対に殺させない」

「ちばけたことを！」

松子は再び眦をつり上げて宗一を叱りつける。

「黒頭さまはどげえするんじゃ！　鬼断ちの宝刀で斬った花嫁を捧げんと、黒頭さまは満たされねえ！」

「黒頭さま？　そんなものなんぞ、知ったことか!!」

宗一は、獣の本性を剝き出しにし、まさに鬼の形相で咆哮《ほうこう》した。

「そんな呪われたものなど、滅びてしまえばいい！　そんなものに縛られた家など、消えてしまえ!!」

「宗一イ、ようも、ようもそげえなことを!!」

松子は怒りのあまり刀を取り落とし、宗一に詰め寄った。

「この家だけじゃねえ、災厄は村に降り掛かる!!　桐生家の者だけじゃのうて、村人全員を犠牲にしよるつもりかあ!!　そげえなむごいことをしよるつもりかあ!!」

「そうじゃ、そうじゃ!!　このあんごうが、千年以上も続く桐生家を途絶えさせるつもりかあ!!」

「わしらあ皆飢え死にするぞお!!　黒頭さまの呪いが降り掛かって、皆全滅じゃあ!!」

一族の者たちは松子の怒りに同調していきり立つ。仰々しい衣装のまま、長い袖をうち振って、髪を乱れに乱れさせ、今にも萌に躍りかからんばかりに肉迫する。

――花嫁を殺せ、殺せえ!!

萌はその世にも恐ろしい光景に、全身が凍りついてしまったように動けなくなっていた。

（私が死ぬのを……こんなに大勢の人が望んでいる……）

呆然と、萌はどこか客観的にこの景色を見つめている。

（私は……殺されるために、ここへ帰ってきたんだ……。血の繋がった人たちは皆、私の死ぬのを心待ちにして……）

　萌は、肉親というものに漠然とした憧れを抱いていた。父一人子一人で各地を彷徨った日々。暗い家の中は言葉も少なく、何も語ることのない父は、萌の母のことも、その故郷のことも、すべて隠し通していた。

（父さん……私、ようやくわかったわ。他人よりも、誰よりも……肉親というものが、最も危険な人たちだったのね……）

　恐怖も度を越えると感じなくなってしまうものらしい。どこか高いところから見下ろしているような達観した視点から見れば、時代錯誤な服装で喧々囂々《けんけんごうごう》たる様子で喚き散らしている人々の顔は、滑稽にすら見えた。

「花嫁を捕まえろ!!　縛り付けて確実に殺すんじゃあ!!」

　一人の怒号を合図に、桐生家の一族たちは八方から一斉に萌に飛びかかる。

　宗一の目が瞬時に赤く燃える。

　飛びかかる人々の体を轟然と炎が襲う。何もない場所から発した紅蓮の炎は容赦なく桐生家の者たちを包み込み、動いても転がっても決して消えることはない。

「ぎゃあああ……！」

「こ、これが生き神の力か……っ」

「気を強く持てえ、こげえなもんは幻覚じゃ！　幻覚じゃが、信じるとほんまに焼かれるでえ!!」

　実際目にしたのが初めてだったのか、皆度肝を抜かれている。松子は声を振り絞って炎を幻覚だと叫んだ。事実、その炎は煙もなくにおいもなく、幻覚に違いなかった。けれど、それを信じてしまえば本物の炎と同じように焼き殺されてしまう。

「萌、俺の後ろに。逃げるぞ」

「は、はい、兄さま……」

　宗一は萌を背中に庇い、襲いかかって来ようとする桐生家の面々の目から隠した。

　しかし幾度炎に巻かれても、人々も死に物狂いだ。自分の命よりも儀式が大事だとでもいうように、熱さに悶絶しながらも、突進してくるのをやめない。

「おどりゃあ、おどりゃあ！　花嫁を渡すんじゃ、生き神よ!!」

「おめえの役目は花嫁を喰らうことじゃ!!　考え違いすなあ!!」

「黙れ、黙れ!!　もうこんな狂った家のしきたりに縛られるのはまっぴらだ!!　俺は萌と生きる!!　儀式なんぞ壊してやる!!」

　突如、何かが重く弾けるような音がした。宗一が呻き、左腕を押さえる。

「兄さま!?」

「大丈夫だ……！　俺の背中から離れるな！」

　中に、拳銃を持ち込んでいる者があったのだ。弾丸は恐らく萌を狙ったのだろうが、盾になっている宗一の腕を貫いた。

「ふっふ……こ、こげえなこともあろうかとなあ！　これを持ってきとって正解じゃったわ！　なんぼ頼りねえ生き神さまでも、まさかこげえなあんごうなことしよるとは思わなんだがあ！」

「物騒なものを……」

宗一の瞳の赤さが黒々と渦を巻き不気味な唸り声を立てる。

「な……なんじゃ!?」

そのとき、拳銃を持っていた男が仰天して叫び、手にした拳銃を取り落とした。床に落ちた拳銃は激しく振動したかと思うと、ボッと黒い火を噴き、なんとドロリと融けてしまったのだ。

「て、鉄が……！」

「幻覚のはずなのん、銃までも融かせるんかあ……!?」

人々は動揺してざわめいている。そして、萌も一瞬色を失った。

宗一は撃たれた左腕の袖を捲り上げる。すると、そこにあった傷は跡形もなく消えて、ただ流れた血の筋だけが残っている。皆、呆気にとられてそれを見つめた。

「傷が……」

「そうじゃ、生き神は不死身じゃ。鉛玉なんか効くわけねえ」

松子は重々しい声で呟く。

「そんじゃけえ、死にてえ死にてえ思うても、死ねんかったんじゃもんなあ、宗一」

宗一は表情のない昏い目で松子を見下ろした。

「そうだ……。だが、死ねないのならこの体を張って、生きて萌を守る」

「兄さま……」

兄さまは、夢の中でも、現実にいても、やはり萌の兄さまだった。何かを犠牲にしてでも、自分自身を傷つけてでも、萌を守ろうとしてくれる。一族のすべてを断ち切ってでも、萌を選んでくれたのだ。

「諦めてくれ、おばあさま……俺も無益な殺生はしたくないんだ。だから……」

「あら。でも、これならばどうかしら？」

背後に気配があり、宗一はハッと振り向いた。

高らかな声と共に、目の前を閃光が走る。

「ぐっ!?」

「兄さまっ……」

萌を庇って動きの鈍った宗一の左肩が血を噴いた。それは先ほどの弾痕のように容易に塞がらない。

「やはり、効くみたいね。さすがは生き神さま……人に見えて、あなたも鬼なんだわ」

振り向いてみれば、そこには姿の見えなかった藤子がいた。その手に、宗一の血を吸った抜き身の刀を携えて。

「鬼断ちの宝刀……その名の通り、鬼を断つ刀よ！　これならばあなたもただでは済まない！」

「くっ……」

宗一は萌を抱え、その場を遁走《とんそう》しようと大きく跳ぶ。だが、それを桐生家の親族たちが塊となって阻んだ。

「行かせんでえ!!」

「なっ……」

神殿の扉の前に、全員が固まって殺到する。そこへ飛び込もうとした宗一の腕と言わず脚と言わず、脇目も振らずにがむしゃらにしがみついていく。

「藤子！　この隙に斬りねえ!!」

「このっ！　どけえ!!」

宗一は異常なまでの腕力で薙ぎ倒していくが、一度に何人もにかかられてその動作が遅れる。

「萌……！」

群がる人々を打ち払いながら、宗一は背後の萌へ叫んだ。

「ここを抜けるには時間がかかる。お前だけならきっと逃がせる！　お前の行く先は俺のが浅く裂いた。

押し問答をしていたとき、腰を捕らえられてよろめいた宗一の頬を、藤子の振り回す刀

「俺だってそうだ！　だが、この状況では……っ」

「嫌よ、兄さま！　私、兄さまと一緒でなくっちゃ……」

目が守るから……」

「くっ！」

宗一は体に巻き付く人々を炎で振り払い、萌を後ろ手に庇おうとして、僅かに体勢が傾いでしまう。

その刹那、今度は真正面から白刃が空を切った。

ぞくり、と萌の背筋に悪寒が奔った。このままでは、今度こそ宗一が殺されてしまう。

「兄さまっ……」

瞬間、考えるよりも先に、萌の体が動いていた。

藤子が振り下ろした刀の一閃が、目の前に光り輝いた。

赤い花びらが散った、と思った。

「萌――――ッッ!!」

痛みを感じる前に、宗一の悲痛な叫びが耳をつんざいた。

（あ……私……？）

花びらと思ったのは、萌自身の血しぶきだったのか。状況を朧げに把握すると同時に、焼け付くような激痛を胸に覚える。同時に喉から噴き出す鮮血を口からカッと吐き、萌の視界が一瞬暗転する。

「あ、ああっ……萌……」

崩れ落ちる体を宗一の腕が支える。

萌の前には、ギラリと光る刃を紅い血に濡らした藤子が、真っ赤な返り血を浴びて、艶然として立っているのだった。

「あら……宗一さんを殺そうとしたわけじゃなかったのに、必死で飛び出しちゃって……。萌さんたら、慌てん坊さんねえ。第一、この人は死にゃあしないのに」

まったくいつもと変わらぬ調子で、藤子はにこやかに告げた。

「あなたの仕事を奪ってしまって、ごめんなさいねえ、宗一さん。なんだかいつまで経っても儀式が進まないものだから、退屈になっちゃって。あたし、この後用事があるんだもの。早く済ませてくれなくっちゃ」

藤子の行動と口調との乖離《かいり》に、萌はまるで夢を見ているような気持ちになった。いや、真実、これは夢なのかもしれない。心臓をひと太刀にされて、普通の人間ならばたちどころに絶息しているような状態で、萌はまだ息をしているのだから。

「さあさ、とどめはあなたが刺して頂戴？　この鬼断ちの宝刀は生き神さまのあなたにしか完璧に扱えないわ。あなたの鬼気の満ちた萌さんをちゃんと殺せるのも、あなただけなんだもの。ね、宗一さん。萌さんの苦しみを長引かせないで。それで万事、片がつくんだから」

宗一の双眼が眦も裂けんばかりに見開かれ、ギラリと藤子を捕らえた。その目が地獄のような黒炎に染まる。風がかまいたちのように吹き抜けてゆくような、不気味な音が部屋に轟いている。

(あ……宗一さんの瞳……)

宗一の腕の中から、萌は見た。

宗一の両方の目が、欠けることなく、完全な赤に輝いているのを。

「俺が馬鹿だった……こんな茶番を千年も続けて来た家の狂気を……変えられるはずもなかったな……」

地の底から響くような声である。わなわなと震える体は張り裂けんばかりの怒りに満ちて、瞳は辺りを焼尽すかと思うほどにぎらぎらと強い光を放つ。

「そ、宗一さん……あなた、何を」

その血のような真紅に燃え立つ二つの瞳に、さすがの藤子もぎくりとして後ずさる。

一瞬の後には、宗一は目にも留まらぬ速さで、藤子から鬼断ちの宝刀を奪っていた。

すさまじい殺気に、藤子が本能から逃げようとするのを、宗一は寸分の迷いもなく、その白い肉体を肩から真っ二つに切り裂いた。

「ぎゃあああ――――ッ!!」

「藤子!!」

藤子の絶叫と松子の悲鳴がほとばしり、夥しい鮮血が辺り一面を血の海にした。

神殿は蜂《はち》の巣を突いたような騒ぎになった。まさか、生き神が一族の者を斬り殺すとは誰も思っていなかったのだろう。

宗一は刀と萌を手にしたまま、赤い風のように駆け出した。皆斬られると思ったのか、悲鳴を上げて長い裾を踏みつつ、転げて逃げる。

「待たれえ、宗一!!」

松子の制止を無視し、宗一は祭壇の扉を古びた錠ごと断ち割って、大きく開け放つ。

すると、そこにはぞろりと黒く焼け爛れた鬼の頭部がうずたかく転がっていた。

それは、鬼などではなかった。

紛れもない、人間の首だった。

角も生えておらず、怪物の様相も呈していない、ただの――執念だけで形を留めた、本物の鬼よりもよほど鬼らしい、憎悪と呪詛の塊であった。

桐生家の面々も、恐らく直接黒頭を目の当たりにするのは初めてのことだったのか、皆息を呑んでその正体を凝視している。その異様な光景に、誰もが、動くことを忘れていた。

「ようやく会えたな……黒頭……」

宗一は憎々しげに、黒頭を凝然と見た。もの言わぬ口と何も見えぬただの空洞の眼窩《がんか》が、不気味に宗一を見つめ返す。

かつて虐《しいた》げられた人々の怨念。乞丐と呼ばれ、山へ逃げ延びた人々。恐らく彼らには何の咎もなかったのであろう。あるいは、恨みを募らせ、盗賊となった者もあったやもしれぬ。それを鬼と誹られ虐殺され、真の鬼と変じたのだ。執念で炎の中でこの頭蓋をありのままに残し、人々を怯えさせ、そして祟りを恐れた桐生家の者らによって、鬼神として祀られた。

その憎悪は桐生の人間を鬼に変え、呪われた血脈へと落とした。桐生家を支配し、村を支配した。千年以上続く永きにわたる日々を、黒頭たちはこの小さな祭壇の中から、神として君臨していたのだ。

刀をすいと大上段に構え、宗一は壮絶な笑みを浮かべる。

「――――さよならだ」

「やめるんじゃああ!!」

松子が絶叫する。

宗一は、その黒頭の群れに向かって、容赦なく刀を振り下ろした。

黒く焼けた頭はいとも容易く砕けた。

そのとき、宗一の腕の中、曖昧な意識の合間に、萌は見た。

——確かに、断ち切られた瞬間、黒頭の口が笑っていたのを。

「うわあああ!!　黒頭さま!!　黒頭さまああ!!」

一族の者たちは半狂乱になった。ある者は泡を吹いて腰を抜かし、ある者は床を這って失禁し、ある者は脳溢血にでもなったのか、倒れてぴくりとも動かない。

「ああ……ああ……なんとゆう……なんとゆうことを……」

松子はよろよろと祭壇に歩み寄り、粉々に割れた頭蓋を見て、呆然としていた。

「こげえな……こげえなことになるたあ……人を喰うのも嫌がる、気の弱え、怠けもんの、なんぼ出来の悪い生き神さまじゃゆうても、こげえなことをしでかすたあ……」

「時が来ただけだ」

宗一は阿鼻叫喚となった神殿を侮蔑の目で眺め、冷笑を浮かべる。

「黒頭は滅びる運命だった。俺が生まれたのが、その証拠だ」

松子には、すでに宗一の声は聞こえていないようだった。気丈だった松子の心が黒頭を失って限界を迎えたのか、何とシャリシャリと音を立てて黒頭の破片を舐め始めたのだ。

宗一はそれに頓着せず、再び駆け出し、神殿を飛び出した。

ようやく正気を取り戻した者たちは、震える脚で立ち上がり、口から唾を飛ばして絶叫した。見開いた目は血走り、悪鬼の如き形相で喚き立てた。

「追え!!　あやつらを追うんじゃあ!!　村の男どもにも告げい!!　ぜってえ逃がすんじゃねえ!!」

「今じゃったらきっとまだ間に合う!!　花嫁を黒頭さまに!!　そうすりゃあ黒頭さまは蘇る!!　桐生家を、村をお守りしてもらうんじゃあ!!」


宗一は地下を抜け出し、屋敷の門を越えて森の中を駆けていた。

外は、真っ暗闇だ。夜の始まりか、夜明け前かも定かではない。だが、鬼の紅い瞳にはすべてが明るく映っている。

腕に抱えた萌には、すでにほとんど意識がない。だが、僅かな命の灯火は繋がれていた。

「いたぞ！　あそこじゃあ!!」

村の男たちに緊急事態が知らされたのか、森の入り口からどっと鍬《くわ》や鎚《つち》を持った者たちが宗一に向かってくる。

しかし、闇夜に光る赤い目を見て、男たちは度肝を抜かれた様子で怯んだ。村人で当主の姿をはっきりと見た者はいない。彼らは、目が赤く光る人間など見たこともなかった。

「な、何もんじゃ、ありゃあ……！」

「ばけもん……ばけもんじゃあ!!」

「待て、何か抱えとる……」

「花嫁……!?　ばけもんが、花嫁を強奪したゆうんか!?」

宗一は泡を食ってほとんど逃げ腰になっている男たちに頓着せず、ずんずんと進んで行く。

「ええい！　誰もここを通すなゆう命令じゃ!!　皆、やれえ!!」

村人たちは明らかに圧倒されながらも、自棄糞になって鍬を振り上げ躍りかかる。

しかし、突然不思議なことが起きた。

目に見えぬ何かが眼前で弾けたように、飛びかかった男たちはあっという間に後方へ弾き飛ばされてしまったのだ。

「なっ……なんじゃあ!?」

何が起こったのかわからず、男たちは暗闇の中で目を剝いて喚き立てる。

「どけ。邪魔だ」

淡々と言い放たれた宗一の低い声は、騒然とした空気を凍りつかせ、こちらを睨み据える赤い目に、男たちは慄然としてその場に縫いつけられたように動けなくなった。

そのとき、背後でどおんとすさまじい轟音が響く。

村人たちがあっと声を上げた瞬間、屋敷の方角に真っ赤な火の手が上がっていた。

「あ……あ……お屋敷が……」

る。

「あ、あそこにゃあ、黒頭さまが……!!」

「ひ……ひいい!!　この村は、この村はどげえなってしまうんじゃあ!!」

大混乱に陥った男たちの間を難なくすり抜け、宗一は茂みへ入った。

そこにも、屋敷に仕掛けたのと同様の、戦時中にくすねた爆弾が仕込んであったのである。


宗一が森を抜けた頃、すぐさま背後で再び轟音が鳴り響く。地鳴りのような音が響き、それに連動してあちこちで爆発音が轟いている。

今や、屋敷とそれを囲む森は、紅蓮の炎に包まれていた。

宗一はそれに目もくれず、しばらく歩いて、川にかかった橋の下へ腰を下ろし、花嫁姿の萌をそっと叢へ横たえた。

「萌……」

呼びかけられ、萌はうっすらと目を開けた。

青ざめた頬に、すでに生気はない。とうに死んでいるはずの傷を負いながらまだ意識があるのは、やはりこの体がすでに常人のものではないからだろうか。

「萌……大丈夫だ。もうすぐ夜が明ける。そうしたら村を出て、まずは神戸へ行こう。俺たち二人の暮らしを始めるんだ。俺はこれでも英語と中国語ができる。時間だけはたっぷりあったから小さい頃から家庭教師から学んでいたんだ。屋敷から出ない生活だったから、尚更外国に興味があったのさ。兵隊にとられたときも通訳をこなしたくらいで……神戸には港があるし、きっと仕事はあるだろう。村にいたときのような暮らしはできないが、慎ましやかに生きていこう」

萌はかすかに微笑む。宗一が、未来に希望を抱いてくれることが嬉しかった。死にたいと嘆いていた宗一が、あの真夜中の庭で一人むせび泣いていた宗一が、「生きていこう」と言ってくれるのが、嬉しかった。

（ああ、そうだ……これから新しい生活が始まるんだわ……）

そう思いながら、萌の意識は霞がかったようにぼんやりとしてゆく。

「子供が生まれたら、男の子でも女の子でも、学問だけはきちんとやらせるんだ。金も物も、何かがあればなくってしまうかもしれない。先の戦争のように……。だけど、知識は誰にも奪われない財産だろう？　だから、俺は必死で働いて、子供たちをいい学校へ行かせてやりたい……ああ、そうだ。お前も女流作家になりたいなどと言っていたね。それなら、本もたくさん買おう。そして、子供たちと一緒に読むんだ。お前の夢もきっと叶うかもしれない……少し気が早いかな。だけど、村を出てお前と暮らしていけると思うと、嬉しいんだ。なあ、萌……お前もそうだろう？　これから、二人で生きていけるんだ……」

宗一は萌に囁きかけ続ける。喋り続けなければ、萌の命まで途切れてしまうとでもいうように。

「萌……お前は、俺のことが救いだと、何度も言ってくれたな……唯一の味方だと……俺のお陰で生きて来られたと……」

宗一はそっと萌に寄り添い、氷のように冷たくなった頬に熱い手を這わせる。

「だが、それは俺も同じだ……むしろ、俺の方がお前に依存していた……。人を喰わねばならぬ異常な生活の中、人に顔を見られぬよう屋敷の奥に押し込められて……俺にとって、夢の中でお前と会う時間だけが、唯一の人として生きられるひとときだったんだ……」

宗一の声は涙に濡れている。因果な生を受けながら、優しい心根を持って生まれてしまったこの男の心は、すでに傷のつく場所もないほどにずたずたにされていたのだ。

「お前は俺のすべてだ……俺の人生には、最初からお前しかいなかった……お前を困難から救うことで俺は生き甲斐を見いだし、お前の笑顔を見ることで、俺は安らいだ……戦場にいる間も、俺はお前の存在に縋っていた……爆撃を受け味方の体が四散する中で、俺だけが血にまみれ生き残ったときも……あの修羅の中、俺はお前に夢でまみえることだけをよすがに正気を保っていた……」

（兄さま……）

萌は、宗一に手を伸ばして、その背にしがみつきたかった。

けれど、体は少しも動かない。辛うじて残っている意識も、もうすぐ消えてゆこうとしている。

萌の瞳の光がすうっと薄くなり、瞳孔が開くと、宗一の吐息が乱れ、呼吸が震える。

「ああ……萌……萌……、待ってくれ……」

血のこびりついた萌の唇に、宗一はそっと接吻した。涙が萌の白蝋の頬に滴り落ち、無垢な稜線《りょうせん》に沿ってこぼれ落ちてゆく。

完全なる、双つの紅い瞳。

それは、萌の命が失われてゆくことを、意味しているのかもしれない。

「大丈夫……大丈夫だ……。きっと、よくなるからな……萌……」

それでも、宗一の声は優しい。その頬に刻まれた微笑には、どこかこの世のものではないような、現実との乖離が浮かんでいる。それだけに、壮絶な無双の美しさであった。

「お前は、俺の花嫁だ……。ずっと一緒に生きていくんだ……ずっと……」

そう呟き、血まみれの太刀を片手に、ふらりと立ち上がる。

その羽織袴の広い背中には、すでに後ろを振り向く儚さはない。全身に尋常でない気配が漲っている。

精巧に整った美貌には萌に向けていた優しく弱い表情は微塵《みじん》もなく、そこにあるのはただ、鬼気迫る残酷だけだ。

「一万か……残った者たちでは、到底足りないな……」

そう小さく呟きながら、宗一は刀をぶらぶらと振って、村の民家の方へと向かって行く。

目かくし　子かくし　花嫁かくし
花はちっても　芽はのこる
百ではたらぬ　千でもこまる　一万あったら花がさく
ころりころりと　まいります……

それは、一度散った花を蘇らせる歌。

百ではたらぬ、千でもこまる、一万あったら花がさく――。

萌の声は届かない。萌の喉は、もはや何も発せられないからだ。

（兄さま……）

優しかった兄さま。

弱かった兄さま。

己の悲運を、ただ嘆いていた兄さま……。

宗一は、人であるために、萌を欲した。

人を喰らいたくないという、鬼の性を否定する、至極人らしい心から、花嫁を欲していたのだ。

しかし、宗一はぎりぎりまで、萌を花嫁にすることを拒絶していた。花嫁になってしまえば、萌の命は必ず消える。儀式の最後に殺さなくては、花嫁としての役目は遂行されない。

幼い頃から萌を慰め、萌と同じものを見てきた宗一には、萌を殺すことなどできなかった。萌のために怒り、泣き、笑い、すべてを共にしてきた宗一は、すでにその少女を人として愛していた。

抗い難い誘惑に抵抗してきた宗一が、とうとう迎えてしまった儀式の最中、それでも、萌を生涯花嫁とすると誓った。

しかし皮肉にも、萌を生き返らせるために、宗一は本物の鬼になろうとしている。

誰を犠牲にしても、何人を犠牲にしても厭わぬという、その心根がすでに人のものではないと、宗一は気づいていないのだろう。

優しい兄さま。愛おしい兄さま。

弱かった少年を鬼に変えたのは、他でもない、花嫁自身だったのだ。


遠くに、赤い光が見える。

桐生家と、村人と、そして黒頭たちを包み込む炎が。

——ああ、鬼の呪いは、完成されたのだ。

平安の世に鬼として殺された者たちは、一族に強い呪いをかけ、やがてその一族の誰かが、いつかこうして村を滅ぼすことを、望んでいたのだ。
その証拠に、最後のあのとき、黒頭は笑っていたではないか。
あれは、我が宿願《しゅくがん》ここに成就したりと、勝ち鬨を上げていたのだろう。
千年以上の永きにわたる呪いが、炎に煽られ、天へと昇ってゆく。
怨嗟が生み落とした最後の鬼は、どこへ行くのだろう？
五百年の後に、代わる者のない魂は、どうなってしまうのだろう？
赤い炎は、もうひとつの秘密を、萌の胸に蘇らせる。
あの、二年前の五月の大空襲の日。
萌の父、譲は炎に巻かれて死んだ。
だが、その炎は、空襲による炎ではなかったのだ——。
(兄さま……)
萌は、その炎をよく知っている。
萌を守るために、宗一が放つ黒々とした鬼の炎。
二十歳になるまで二年を切っていたあのとき。
炎の中を必死で逃げていた萌と父に、突然降り掛かったあの悲劇。
(ねえ、兄さま……なぜ、兄さまは父さんを殺したの……？)
それは、花嫁を求める無意識の力の暴走だったのだろうか。この男がいては萌は決して故郷に帰らぬとわかって、あの空襲を隠れ蓑《みの》に炎を走らせたのだろうか。

萌の意志では働かぬその力が父を殺したとき、萌は初めて兄さまを恐れた。これまで、兄さまは萌の願った人物にしか危害を与えなかった。そして、殺してしまうことなどなかったのに。

けれど、萌には兄さましか縋るものがなかった。いかに矛盾した心があるとは言え、萌のすべては、すでに兄さまのものだったのだ。

だから、萌は目の前で起きた事実から心を閉ざし、胸の奥底にしまいこんだ。

石野を包んだ炎も、あのときと同じものだった。

萌を逃がしたいと言っていた宗一。その心は嘘ではなかったのだろう。

けれど、同じく萌を逃がそうとしていた石野を、宗一は殺した。

萌の昏い瞳に、涙が滲んだ。

恩人も、親をも見殺しにした自分も、とうに鬼であったのだと笑いながら。

「萌」

突如、視界が万華鏡のように展開した。

眼前には、豊かな花園が広がっている。

古今東西のあらゆる花々が咲き乱れ、撩乱とささやかな風にそよいでいる。極彩色の小鳥たちが愛らしい声で歌い、幻のようにひらめく蝶たちは虹色の鱗粉を振りまき、えも言われぬ芳香が世界を包んでいる。

その中央に、どんな香しい花も敵わぬほどの、美しい少年が立っている。

白粉を塗ったような白い肌は眩く照り輝き、京人形のように繊細に整った目鼻立ちは夢のように儚く麗しい。ぬばたまの黒髪を微風に揺らし萌を待ち受ける少年は、その微笑みひとつでどんな曇り空もたちどころに蒼天にしてしまうのではないかと思われるほど、神々しかった。

「ああ……兄さま」

萌はあふれるほどの歓びに足をもつれさせ、愛おしい少年に駆け寄り、はっしと飛びついた。

少年は赤い瞳を潤ませ、萌の顔中に接吻を浴びせる。

「萌。会いたかったよ」

「兄さま、私も」

「一人で、寂しかった？」

「うん……でも、ずっと思い出していたから。今までのこと」

萌は少年の華奢な胸に頬を擦りつける。

少年は萌の小さな頭を優しく撫でながら、鈴の鳴るように可憐な声で萌をいたわった。

「萌。悲しいことを考えるのはおよし。お前の悪い癖だ」

「そうね。でも、忘れちゃいけないと思ったの」

「僕らは、これからずっと永いこと生きていくんだよ。後ろを振り向いていると、前に進めないじゃないか」

「二人で？」

「そう。二人きりで」

少年の頬は歓喜に上気している。その目の色さえなかったら、無邪気としか思えない愛らしい微笑みを浮かべて。

「兄さまの目、二つとも赤いままね」

「そうだね。きっと、僕はもう人の輪廻《りんね》に戻ることはできないんだろう」

「じゃあ、私は？」

「お前の目も、二つとも真っ赤だよ。萌」

ああ、と萌は悲しみとも歓びともつかないため息を漏らした。

萌も、人の輪から外れた存在になったのだ。

黒頭も、桐生家も、村も、何もかもが消えたとしても、二人きりの鬼はこの人の世に取り残され、生きていかなくてはならないのだ。

「お前は、僕の花嫁だから。僕とずっと一緒だよ」

「そう……」

萌の心に、風が吹き抜ける。

寂しげな、けれど香しい、萌を世界の彼方へと押し流してゆく風である。

「それじゃ、もう何も悲しいことはないのね」

「ああ、そうだ」

少年の瞳は純粋な歓びに輝いている。後悔など微塵もない。

無垢で、無邪気な、萌のためならば、何ものをいくら犠牲にしても構わぬという、美しく残酷な瞳である。

(ああ……そうだった)

萌は濡れた目をして微笑んだ。

(兄さまは、最初に出会った頃から、こういう目をしていたんだわ……)

だからこそ、萌は少年を愛した。

全身を預け、少年に寄り添った。

何を切り捨てても、萌を救ってくれる人だから。

幾層の屍《しかばね》を積んでも、萌を守ってくれる人だから――。

「さあ、行こうか、萌」

「ええ。兄さま……」

二人は手に手をとって、花園の中を進んでゆく。

これは、きっと運命なのだ。ふいに、萌は悟った。

出会ったときから定められていた、二人の道筋は、ここにあったのだ、と。

目かくし　子かくし　花嫁かくし
五百かぞえて　目があいた
一ではひゃくしょう　二ではしょうや　三にふえたらとのさまじゃ
ころりころりと　はらのおと

目かくし　子かくし　花嫁かくし
くるりとまわって　百ねんめ
十ではやわい　十五はあおい　二十になったらあまくなる
ころりころりと　かくされた

目かくし　子かくし　花嫁かくし
花はちっても　芽はのこる
百ではたらぬ　千でもこまる　一万あったら花がさく
ころりころりと　まいります

不思議なわらべ歌が聞こえてくる。歌っているのは子供たちだろうか。きらきらしい、無邪気な笑い声の欠片が、私を取り囲むように踊り回っている。

目覚めかけた泡のような曖昧な意識は、過去への旅を終えて現在に立ち戻る。

ああ、そうだ。私は、あの太刀で斬られ、死んだのだった。

平安時代の鬼を斬ったという、鬼断ちの宝刀。

それを用いて花嫁を斬らねばならぬのは、きっと、花嫁自身が鬼であるからなのだろう。最初から鬼であったのか、それとも一月の儀式のうちに、鬼と化したのか——。

心臓の傷口に滴る、温かくぬめった感触がある。うずうずと肌の下に熱い火照りが生まれ、私の体の隅々まで甘く蕩かしてゆく。

ああ。これは、美しい赤の色。

私の心臓を動かす、狂おしい生命の雫。

雨あられと注がれる甘いきらめきに、私の体は官能に堪え兼ねたように蠢き始める。

無数の細かな舌で肌を愛撫されるようなこそばゆいような逸楽に、私の喉からはあえかな吐息がこぼれ出る。

——百ではたらぬ　千でもこまる　一万あったら花がさく……。

無邪気にさんざめく、子供たちの声。

けれど、このわらべ歌を歌う者は、もうどこにもいないのだろう。

なぜなら、あの村の人々は——。

花園の果てには、赤が見えた。

黒々とした炎と、燃え立つような緋の瞳と、しぶきを上げる血潮が見えた。

「おかえり。萌……」

甘く優しい声が聞こえる。

懐かしくも、愛おしい声が。

柔らかな接吻を、唇に感じて、心臓が密やかに脈動を始める。

私はゆっくりと、目を開けた。

あとがき

こんにちは。丸木文華《まるきぶんげ》です。最後まで読んでくださり、ありがとうございます。

時代としては終戦の二年後、ということで初めて書いた時代なのですが、特殊なひとつの村のみが舞台になっているので、時代感というかその時期の世相というものはほとんど描写できなかった気がします。敗戦によって価値観がひっくり返り、何もかもが混沌としていた時代なので、また機会があったら書いてみたいです。

私自身は埼玉の都会でもなく田舎でもない所で生まれ育ったので、村の因習などというものにはとんと縁がないのですが、それでも色々な場所に小さな鳥居があったりお稲荷さんがあったりと、改めて見てみればたくさんの神様に囲まれて生活していることに気づきます。八百万《やおよろず》の神と言いますが、神道と仏教の混ざった独特の宗教観が日本にはありますよね。万物に神が宿るというアニミズムにも近いこの思想が、私はとても好きです。

そして鬼を祀る神社を調べていると、埼玉にもひとつ「鬼鎮《きじん》神社」というところがあって驚きました。今回取材に行く時間はなかったのですが、ぜひ一度行ってみたい面白い神社です。節分の際には、「福はうち、鬼はうち、悪魔そと」と言うそうです。突然の悪魔……面白いです。

今回のお話は舞台設定がそもそも異常なせいで、最後にヒーローがあんなことをしでかしても、なぜか際立って異常という感じがしないのですが、一応（主人公たちにとっては）ハッピーエンドです。

ソーニャ文庫さんは「歪んだ愛」がテーマだということなので、こんなひどい展開でもいいかなと思ったのですが、実は物語全体が歪んでいるだけで、その中で二人の愛は純粋なものになってしまったなあ、と若干レーベルの主旨から外れてしまったかな？　という心残りもあったりします。

そもそも歪んだ愛って何だろう？　外から見て歪んでいようと捩れていようと、きっと当人にしてみれば、それは真っ直ぐなものに違いありません。矛盾した、業を孕んだものであるだけ、依存性、中毒性の高い、禁断の果実になってしまうのですよね。手にしてはいけないのがわかっているのに、どうしても食べたくなってしまう。確かに、「歪んだ愛は美しい」――！

最後に、この本をお手に取ってくださった皆様、ため息の出るような美しい挿絵を描いてくださったＣｉｅｌ先生、たくさんお世話になった編集のＹさん、ありがとうございました！

また、どこかでお会いできたら嬉しいです。

Sonya
ソーニャ文庫

この本を読んでのご意見・ご感想をお待ちしております。

◆ あて先 ◆

〒101-0051
東京都千代田区神田神保町2-4-7 久月神田ビル7階
㈱イースト・プレス　ソーニャ文庫編集部
丸木文華先生／Ciel先生

鬼《おに》の戀《こい》

2014年8月6日　第1刷発行

著　者　丸木文華《まるきぶんげ》
イラスト　Ciel《シエル》
装　丁　imagejack.inc
D T P　松井和彌
編　集　安本千恵子
営　業　雨宮吉雄、明田陽子
発行人　堅田浩二
発行所　株式会社イースト・プレス
〒101-0051
東京都千代田区神田神保町2-4-7 久月神田ビル8階
TEL 03-5213-4700　　FAX 03-5213-4701
印刷所　中央精版印刷株式会社

ISBN 978-4-7816-9535-8
定価はカバーに表示してあります。

Sonya ソーニャ文庫の本

かわいそうに、こんな僕に囚われて。

男爵令嬢のミレイアは、兄のように慕っていた侯爵家の嫡男エイドリックに無理やり純潔を奪われた。以来、男性に恐怖を抱き、屋敷に閉じこもるようになってしまうのだが……。そこには、ミレイアを手に入れるためのエイドリックの思惑があって——!?

『鍵のあいた鳥籠』 富樫聖夜

イラスト 佳井波

Sonya ソーニャ文庫の本

『愛の種』 chi-co

イラスト みずきたつ

Sonya ソーニャ文庫の本

『つまさきに甘い罠』 秀香穂里

イラスト 北沢きょう